オンナの奥《おう》義《ぎ》

無敵のオバサンに
なるための33の扉

Sawako Agawa
阿川佐和子
Shizuka Oishi
大石　静

文藝春秋

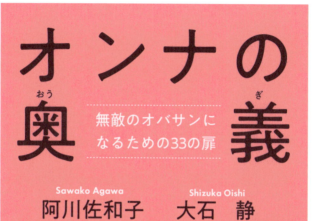

オンナの奥義《おうぎ》

◉

無敵のオバサンになるための33の扉

目次

第2章　オバサンの「恋愛論」

第3章　「家族」とは？

第4章　「死」と向き合う

第5章 占い、下着、美容、ファッション

第6章 「更年期」とのつきあい方

第7章　オンナの「仕事術」

はじめに

阿川佐和子

大石静さんとの対談本をつくろうと言い出したのは、私である。

これまで大石さんとはインタビュー、鼎談《ていだん》、食事会、テレビ番組などで何度となくお会いしているが、会うたびに大いなる刺激を受けて帰ってきた。ふむふむ、そういう発想があったか。なるほどこれぞ女の覚悟というものね。その勇猛かつ斬新な、まっしぐらにしてユーモア溢《あふ》れる言葉の数々に、私は何度も大笑いし、そしてしみじみと勇気を与えられたものである。

最初に衝撃を受けたのは、氏の初めての連載エッセイのタイトルだ。『わたしってブスだったの？』（文春文庫）と、そんな自虐的な通しタイトルをつけるシナリオライターとは、いったいどんな人だろう？　驚愕した。驚愕しつつ、毎週、「週刊文春」に掲載されるエッセイの小気味の良さに心洗われる思いがした。当時、私も同じ雑誌で連載エッセイを綴《つづ》っていたが、大石さんほどの勇気と独創力に欠け、どうも劣勢に甘んじておるぞと自ら感じ始めた頃、私はその雑誌から「エッセイの連載はおしまいにしましょう」との引導を渡される。「負けた……」という敗北感と同時に、「敵《かな》わない」と内心で白旗を揚げた。

さて、実物の大石さんにお会いしたのはそれから数年後のことである。エッセイの連載をクビになったかわりに、私は同誌にてインタビューの連載を始めた。その187回目のゲストとして大石さんにお出ましいただいたのである。

当日は脚本家の苦労話やドラマ誕生までの経緯、夫婦生活に至るまで多岐にわたって伺ったが、なかでも印象に残っているのは、「玉子かけご飯」のエピソードであった。ちょうど大石さんはNHKの朝の連続ドラマ『ふたりっ子』のシナリオを書いて高視聴率を記録していた時期である。

「去年は365日、1日も休まず仕事をしたんです。それまで、週に1回くらいは、夫に料理をつくっていたんですけれど、それもやらなくなって。自分の分は玉子かけご飯に海苔くらいで、それも気持が落ち着かないから、立ったまま食べちゃうって感じでしたよ」

リズミカルで溌剌《はつらつ》とした大石さんの声を聞きながら、私はその姿を頭の中で想像した。冷蔵庫から卵を一つ取り上げてドアを閉める。一方で炊飯ジャーのご飯をお碗《わん》に盛り、冷たい卵を勢いよく割ってその上にかける。箸《はし》を持ち、醤油《しょうゆ》をタラタラッとたらし、卵とご飯を速やかにかき混ぜ、立ったまま、お碗を口に近づけ、ズズズッと、かつ上品に掻《か》き込む。口の中にてしばし咀嚼《そしゃく》し、それから空になった碗を見つめ、流しでささっと洗うと、そばにあるタオルで手を拭き、そしてまた、そそくさと仕事場へ戻る。その動きのなんという潔さかな。見たことはありませんけれど。

私は原稿が書けないとき、ご飯をゆっくりつくる余裕がないとき、でもお腹が空いて何かを食べたいと思うとき、必ずと言っていいほどに、この映像を頭に浮かべた。そして、

「そうだ、玉子かけご飯！」

ウキウキと冷蔵庫の扉を開けるのである。

大石さんのおかげで私は何度、救われたことだろう。

本書のための対談を通して、私は改めて、大石さんの果敢なる生き方に感服した。もちろん何もかもに共鳴できるわけではない。いくら感服しても、明日から真似して実践しようと思わないこともいくつかあった。たとえば、大石さんほど下着の色を各色揃《そろ》えようという意欲はないし、どれほど更年期障害がつらくても、子宮を取っちゃおうなんて発想は、思い浮かばないし実行する気にもならない。でも、大石さんの数々の「大事なこと」に耳を傾けるうち、私は

確信したのである。

歳《とし》を取るって、まんざら悪いことばかりじゃないと。

ピチピチとした若い肌に嫉妬して、過ぎ去りし日々に未練たらたら思いを馳《は》せ、憂《うれ》い嘆き、嘆息しつつ、だからといってしょぼくれようという気はさらさらない。曲げた腰を伸ばし、胸を張り、「よし!」と自らに号令をかけるや、気づいたときは、前に向かって歩き出している。それだけではない。新たな美しきもの、面白いできごと、やりがいのある難問を目敏《めざと》く見つけるや、獲物を見つけたピューマのごとくキラリと目を光らせてまっすぐ対象物に向かい突進する。それこそが大石流の大人の生き方なのである。

大人になるためには、万事において落ち着くこと。そう言う人もいるだろう。大人になるということは、年齢相応の分をわきまえることが必要だ。そう説く人もいるだろう。しかし私は必ずしもそうとは思わない。

年齢を重ねた年月ぶん、経験を積んでいるのは確かである。前にも同じような痛みを受けたけれど、あのときとどうやら似ているな。初体験よりは多少、落ち着いて対処する力を備えているかもしれない。しかし、経験を積んでいるから人間ができているとはかぎらない。年寄りがおしなべて立派な人間ばかりであったなら、今の世の中、こんなトンチンカンなことは起こらないはずである。むしろ私は、どれほど歳を重ねても、「まだ驚くことはいっぱいあるぞ」とあらゆる方向に子供のような好奇心と、その感情につられて生まれる大人げない行動力を持っている人が好きである。

大石さんはそんな人である。そして私は、大石さんを見るにつけ、「まだ驚くことは尽きない！」と驚いて、大石さんのあとについていく決意を新たにするのである。

本書を読んで、いい歳の大人のオンナが呆《あき》れたもんだと思われるむきもございましょうが、どうか一つ、笑って呆れて、ついでに「歳を取るって、それもありなのね」と安堵していただければ、幸いに存じます。

では、大石さんの仰天発言の数々を（私は普通です）、存分にお楽しみくださいませ。

第1章　結婚ってなに?

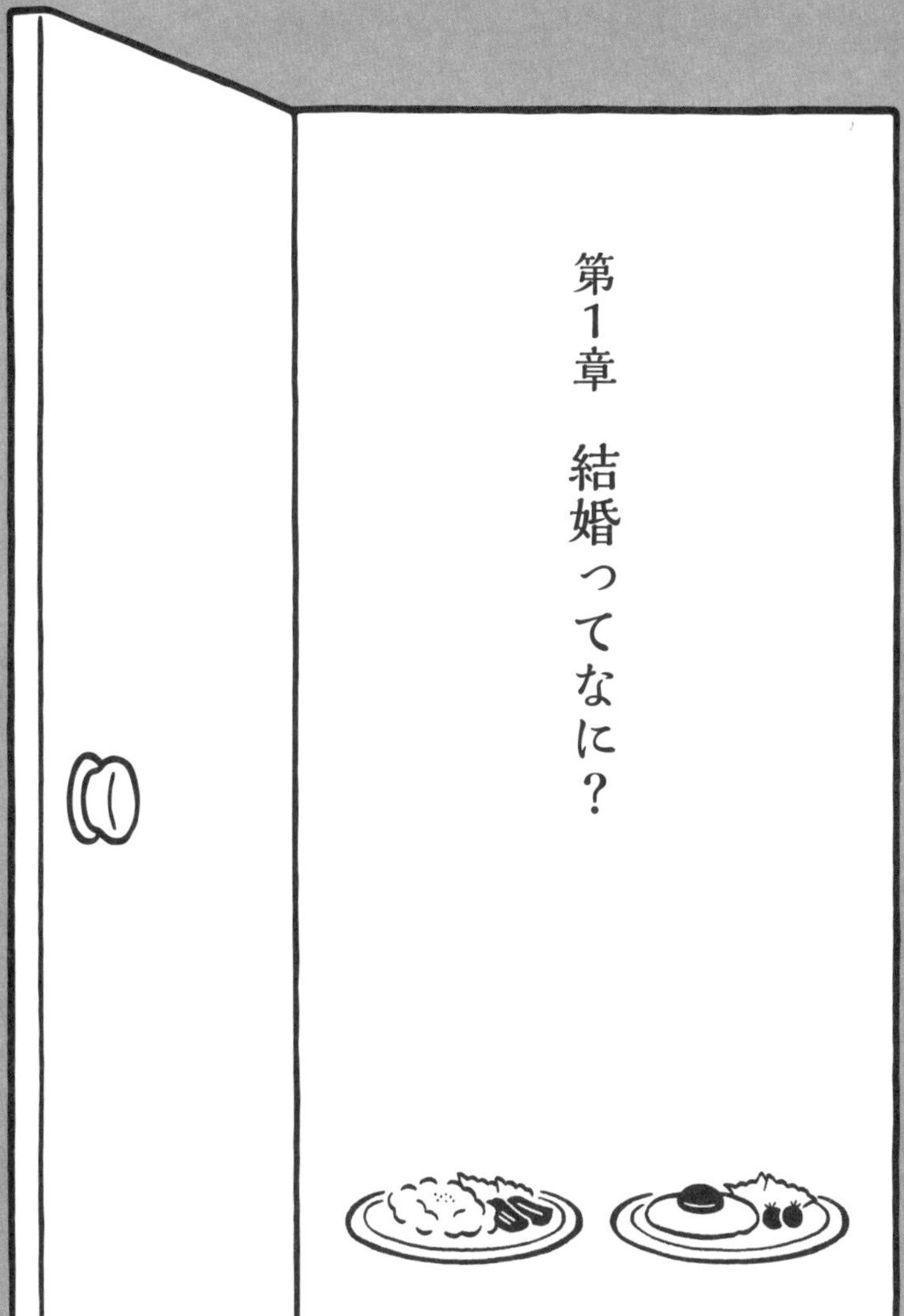

アガワはなぜ、還暦すぎて入籍したのか

大石　半年以上たちましたが（２０１７年５月９日電撃結婚！）、改めてご結婚おめでとうございます。どうですか、新婚生活は。
阿川　ありがとうございます。そこからいきますか、やっぱり。
大石　そりゃそうですよ。世間の皆さまが今一番知りたいのはそこですから。ただ、どうしてもひとつ、最初に聞きたいことがあるんです。
阿川　はい、なんでしょう。
大石　なぜ、なにゆえに、ご入籍なさったの？
阿川　いやー、それは……。
大石　びっくりすると同時にちょっとがっかりしたのよ、私。あの阿川さんが結婚しちゃったのか！　なんだ普通っぽいな、って（笑）。
阿川　田嶋陽子さんにも「なんで結婚なんてしちゃったの？」と言われました。

大石　ある意味、世の独身女性の希望の星だったのに、突然の結婚発表なんて、裏切られたわ！　って女性もたくさんいたと思うのですよ。私も長い間結婚しているけど、結婚ってやってみるとつまんないし……。

阿川　そりゃ、やった人はそう言えるだろうけど、やってみないとわかんないもの。とはいえ、私自身まさか63歳で苗字が変わるとは思ってもいませんでした。「週刊文春」（2017年5月25日号）の手記にも経緯を書きましたが、3年前「週刊新潮」でツーショットを撮られたとき、父は入院中、母を介護中で、正直それどころじゃなかったんです。幸い、純愛などと書いていただいて、案外、好意的な記事だったんですが。

で、油断していたら2016年の秋に「フラッシュ」でふたりとも直撃取材を受けて「阿川佐和子、結婚！」と騒がれまして。ただ、そのときは父の喪はかろうじて明けてたんですが、16年2月にオジサンの母上が亡くなられたので、アチラは喪中だったんです。それで、周囲からは「喪が明けたら結婚するの？」とさんざん聞かれてたし、母の介護関係の用事をオジサンに頼めば、施設の方から「あの方はどういうご関係？」と聞かれ、とにかくその都度、説明が必要になってきて……。

大石　本当にうるさいわね、世間って。ところで、「オジサン」って呼んでるのね、ご主人のこと。

阿川　なんと呼んだらいいか、わからなくて（笑）。普段は「お父さん」とか、ふたりだけのときは名前で呼んだりとかしてますけどね。まぁとにかくですね、それまでもふたりで出かけたら「どういうご関係？」という視線は感じていましたし、それをいちいち「結婚はしていないけれど、ちゃんとしたパートナーです」と釈明するのもおかしいし。それで、完全にふたりの喪が明けたら動かないとなと思っていたら、たまたま脚本家の中園ミホさんが「行動するなら5月よ！」とおっしゃってくださったもんで。

大石　中園さんは元プロの占い師ですからね。彼女が言うなら間違いないわ。

阿川　そんな流れでございます、入籍したのは。

大石　「夫です」「主人です」って紹介できるとやっぱり楽なのね。

阿川　当人たちは何も変わっていないんですけどね。ただ、入籍したというニュースが流れた後、「本当によかったわねぇ、おめでとうございます」とたくさんの方から言われて、入籍とはこんなにも周囲を安心させるものなのかと痛感しました。だってそれ以前は、オジサンと歩いていて誰かに会うと、なんともいえない微妙な緊張感が走るのを感じてたので。

大石　世間の空気というか、世の中の対応が変わるというのはあるのでしょうね。みんな、私みたいに根掘り葉掘り聞かないから（笑）。

新婚生活は「聞かない力」が大事

大石　苗字が変わると何かと面倒じゃないですか？　こんなに長い間「阿川佐和子」で仕事してきたのに。

阿川　運転免許証や住民票、銀行口座、病院の診察券。ひととおり手続きをしましたが、意外と時間が取られますよね。なんで妻だけがこんな目に遭わなきゃいけないんだと、今更ながら皆さまがお怒りになる理由がわかった。

大石　フフフ。新妻っぽい。

阿川　そんなふうに私がひとりでカッカしていると、ウチのオジサン、「面白い顔だね」とか「縦ジワ、縦ジワ〜」とささやきながら後ろを通っていくんです。眉間のシワや尖《とが》ってる口のシワを見て。

大石　お見事ね、そのかわし具合。飄々《ひょうひょう》として。

阿川　締切前、切羽詰まって私が書斎でパソコンを打っていると、オジサンはリビングで数独をやっている。ところが、リビングにあるファックスにゲラが届いて、「あ、これも読まなきゃいけなかった！」とそのまま私がリビングでファックスを読み始めると、スーッといなくなって書斎でゴルフのパターを練習していたりする。

大石　仕事の邪魔をしないように気を使ってらっしゃるのね。

阿川　というより、私のイライラ熱を浴びないための回避策でしょうね。あと1時間以内に原稿を送らなきゃいけないってときに話しかけられても「ちょっと今！（集中したい）」と言うと、「はーい」と去っていく。

大石　普通の旦那様ならカチンとくるところかもしれないわね。うちの夫も、私の仕事が佳境《かきょう》だなと察すると「ただいま」も言わずに静か〜にしてます。物書きの妻をもった夫の宿命ですね。

阿川　気の強いオンナとくっついた男の性《さが》なんでしょうか。老齢のなせる技というか。

大石　ケンカはしないの？

阿川　しますよ。でも基本的には私がキンキン言ってカッカしているのを、オジサンは嵐が過ぎ去るのを静かに待っている感じ。言い争いにはならないですね。「もう、何度も言ったのにどうして聞いてないの？」と騒いだときは、「聞かない力……」ってボソっと呟《つぶや》いたのがおかしくて、怒っているのがバカバカしくなったこともあります。

大石　素敵ねぇ。阿川さんの扱いに慣れてらっしゃる。

阿川　情緒《じょうちょ》が安定しているところは本当に尊敬します。なんせ私は、瞬間湯沸かし器のような短気かつ男尊女卑の権化《ごんげ》みたいな父のもとで育っていますから。父の場合、「出かけるぞ」と言ってから5分でも待たせようものなら、「どれだけ俺を待たせる気だ！」と怒鳴り散らすところを、オジサンは10分経っても平然と待っている。忘れた頃にさり気なく仕返ししてきたりはしますけど、不快感を顔に出すことはめったにない。あと、すっと重い方の荷物を持ってくれたり、歩道のない道を歩くときは自然と車側を歩いてくれるとか、そういう小さなことに私は驚いちゃうし、ありがたいです。だってそれまで、されたことなかったから。

長続きの秘訣は食べ物と笑いのツボ

大石　お父様は結局お会いにならなかったのよね、彼と。

阿川　例の「週刊新潮」に記事が出たとき、母には介護の都合上すでに紹介はしていたんですが、入院中の父にはどうしたもんかと思っていて。あの性格ですし、いろいろ面倒な点もあるかなと。幸いに父はその記事を見ていないようで、ほっとしていたら数ヵ月後、父から電話があって「ちょっとプライベートな話がしたい」と。

大石　数ヵ月後か。お父様、きっとずっと気にされていたのね。

阿川　いや、誰かが記事のことを話したんでしょうね。その電話で父が「つき合っている人がいると聞いたけれども、どうなんだ?」と聞いてきて、慌てて「はい、います。一応独身なんですが、一度ちゃんと挨拶に行かなきゃいけないなと思っていたんですけど」と言い訳っぽく言ったら「その必要はない」とぴしゃり。

大石　ふ〜ん……。

阿川　ただ、その後に「それでおまえは今、幸せなのか」と聞かれて、「はい、幸せです」と答えたら「おまえが幸せならそれでいい」と、ガチャンと電話を切られました。以降、何度も病院に行きましたけど、一度もその話は出ませんでしたね、息を引き取るまで一度も。嫌だったのかな、その話題が。わかんないけど（笑）。

大石　父ゴコロね。でも、娘が幸せだと言うのが聞けてホッとしたんじゃないかしら。お母様とはどうなの？

阿川　母はもの忘れがだいぶ進んでいますが、私が仕事で帰りが遅くなるときは母と一緒に食事をしてくれたり、送迎が必要なときはやってくれたりします。だから母は「よく見かける人」「親切な人」「優しい人」なんて言ってますから、ケアマネージャーか誰かだと思ってんじゃないかな。かと思えば、週刊誌に撮られた後にオジサンに会ったときは「あらあなた、雑誌に載っていたわね」って言ったらしい（笑）。

大石　えーっ！　お母様、面白い。入籍のご報告はなさったの？

阿川　家族の食事会で結婚の報告もしたんですが、曖昧《あいまい》なんじゃないかなぁ。弟が「佐和子は結婚したんだよ」と言うと「結婚？　びっくりした。誰と？」というやりとりをずっと繰り返しているの。ただ、なんとなくこの人が旦那さんと思っている感じはありますね。一度だけ、

「あなた、旦那様でしょ?」とオジサンに問いかけていたことがあります。

大石　旦那様がお母様とふたりでご飯を食べてくれたりなんて、なかなかできることじゃないわよ。

阿川　「あなた何年生まれ?」「昭和23年です」「お若いのねぇ」「うーん、そうでもないかな」なんていう母とオジサンのやりとりを聞いていると、ありがたいなと思います。もの忘れが進んだ母は何度も同じ会話を繰り返すんだけれども、ある日オジサンが「コツがわかった。こっちからどんどん話題を変えて話していけば、繰り返しが減るよ」って。

時空を超えた愛

大石　お人柄ももちろんいいけれど、阿川さんのことを大切に思ってることがよくわかる。わりに長いお付き合いなのよね?

阿川　初めて出会ったのは28歳のときです。テレビの仕事やエッセイを書く仕事をはじめた30代、アメリカに渡った40代直前のころと、途中、途切れた期間もありましたが、文章やパソコンのことで相談に乗ってもらっていました。オジサンは、大学で外国人に日本語の指導をしたり、パソコンに詳しかったりしたので、頼り甲斐があったのは事実。あと、これは当時も今もあまり変わってませんが、仕事で失敗したり批判されたりして「もうこんな仕事むかない、やめたい」と私がヤケを起こすたび「期待されることはありがたいことだし、続けたほうがいい」となだめてくれるから、助かる。

大石 阿川さんの性格を熟知されてるのね。

阿川 出会ったときはご家族がいらっしゃったし、この話題が週刊誌やテレビで取り上げられたときは、離婚したとはいえ相手のご家族に迷惑がかかることが、とにかく心配で。

大石 そうよね。でも、私は前世とかあまり信じないけれど、前世からきっと縁があったふたりなのよ。男女の関係なんて当事者にしかわからないし、婚外の恋であろうとも、どうしようもない想いもあるわけで。梅沢富美男さんが「時空を超えた愛」とおっしゃったのもわかる気がする。

阿川 私は、大石さんもお察しの通り、わがままで小心者、お調子者かつ父に似て短気でイラチな性格だから。安定した情緒で我慢してくれる能力はすごいなと感謝しておりますです。

大石 うちも結婚して40年、流れている空気だけで、お互いに疲れてるな、機嫌が悪いなって会話せずともパッとわかっちゃうところはあるかな。思えばもう親よりも長く一緒にいるわけでかなりな歴史があるから。なんだかんだ言っても馴染《なじ》んでいるというか、楽というか。細かく言えば、食べ物の相性とか笑いのツボとかが似てるのよ。

阿川　この間、冷蔵庫のジャムの表面がちょっとカビていて、私は見つからないようにサササッとカビの部分を取り除いて出したんですよ。それごときで捨てちゃうのは、もったいないじゃない。

大石　モノがないって言われて育った世代らしいわ。私もカビ取って食べちゃう派。

阿川　そしたらオジサン、しっかり目撃してたらしいんですよ。以来ときどき冷蔵庫をあけては「これはカビの実験のために置いてあるのかな?」って言ってます。

大石　その言い方おかしい（笑）。

妻の料理がまずかったら？

阿川　週刊誌に撮られたとき、オジサンのことを「S氏」と書いてあったんだけど、その後しばらくは洗濯ものを干しながら「S氏、家事にいそしむ」、お皿を洗いながら「S氏、皿を洗う」とブツブツ。

大石　センスある！

阿川　「このタオル、ボロボロだから新しいのに替えとくから」と言えば、「おまえが幸せならそれでいい」。「今日のお昼は、昨夜の残りものでいい？」「おまえが幸せならそれで……」っていちいち。しばらく言ってたな。

大石　（爆笑）。いい、ユーモアのセンスが抜群。ドラマに使いたいくらい。

阿川　テレビで『バイキング』だったかな、東国原英夫さんがゲストのときに、アガワの結婚問題について「いや、でもその男性は羨《うらや》ましいですよ。家に帰ったら阿川佐和子がいるんですよ。幸せじゃないですか」って言ったらしいの。お世辞だろうけどね。それからしばらくは、私が「ただいま」と帰ってくると「阿川佐和子が家に帰ってくる幸せ」とか、逆に今夜は家に帰るのが遅くなるって言うと「家に帰っても阿川佐和子がいない不幸せ」とかね。言っときますけど、全部、受け狙いですよ、これ！

大石　面白すぎる、ダーリン。

阿川　基本的には口数が少ないし、社交的でもないんですけど、たまにボソッと言うセリフがおかしくて。頭の回転は速いですね。なんだったか忘れましたけど、私がつくる料理でオジサンがあまり好んでいないものがあるんです。それを出すと「これはもう一生分食った」と。

大石　「まずい」と言わないところがすごく上手。「もう食べたくない」じゃ身も蓋《ふた》もないところを、「一生分食べた」か。これもドラマのセリフに使えるな。

趣味が2倍に

阿川　食事の趣味で言うと、オジサンは目玉焼き派で私はスクランブル派。仕方なく目玉焼きをつくったとき、卵を入れて水入れてジュッと蓋をするじゃない？　そしたら「上に白い膜が張るのが嫌いだ」って……。

大石　うちの夫も同じ。だから蓋を開けっ放しで焼くんだけど、男性に多いのかしら。

阿川　それで焼き上がって黒コショウをかけたら、「白コショウが好き」だと。頭にきて「なんでここまで趣味が違う人を好きになったのかわからない」って言ったら、「趣味が2倍に増えていいじゃん」って言ったのね。

大石　阿川さんが好きになったの、なんとなくわかってきた。でも、今の話だと、食事は毎回阿川さんがつくってるの？

阿川　私がつくって家でご飯を食べるのは週に2・5日くらいかな。

大石　なかなかリアルな数字ね、2・5日って。私は1日から1・5日くらいだからすごいわ。

阿川　たいして変わらないじゃないですか（笑）。基本的には外食ですけど、お昼をきちんと食べたい人なんですよ。朝ご飯食べたばっかりなのに「昼、どうする？」ってよく聞いてくる。私が原稿を書いているときなんかは、ラーメンをつくってくれます。インスタントのアレンジですけど、もやしがのっていたりしてけっこう上手。大石さんのところは？

大石　うちは手が空いてるほうが家事をやるんだけど、今は夫のほうがヒマだから、基本は夫がやってます。ただ、毎日必ず「今日はご飯、どうする？」と確認してくる。

阿川　愛されてるじゃないですか。

大石　ふたりぶんかひとりぶんかを確認したいだけだと思う。買い物のこともあるんじゃない？　必要なものリストを書いておくと、買っておいてくれるから。

阿川　うちのオジサンはですね、たまに買っておいてほしいものをメモで渡すと、こーんなにたくさん買ってくるんです。たとえば、「トマトとマヨネーズと青菜」だとしたら、「トマトは普通のとフルーツトマトと小さいのを買った」「マヨネーズはカロリー控えめと普通のやつ」「青菜は小松菜とほうれん草と春菊を買った」って、なぜか2、3個ずつ買ってくる。で、「そんなにたくさんいらないでしょう！」と私が怒る。

大石　リスクヘッジなのかしら（笑）。うちの夫はね、ご飯を冷凍するとき、80グラムだか70グラムだか、全部グラムできっちり計ってきれいに冷凍するの。

阿川　えーっ！　うちのオジサンもきちっと四角にしてラップに包むけれど、そこまで几帳面じゃない。

クリーニング店にあるようなアイロン台を

大石　たしか2つで普通の1膳分になる計算かな。1杯半食べたい、半分だけ食べたいってときに便利だからって言ってたような……。同じ量のご飯がピーッと美しく冷凍庫に並んでる。
阿川　すっごい！　私なんていつも適当にガバッと包むから「どうしてそんなに雑なんだ」と叱られます。
大石　そんなキレイに並べてヒマだなって思うけど（笑）。洗濯ものも、ピシッとキレイに下着まできっちり畳んでくれます。アイロンも私より上手。ヨタったタオルは、これまたキレイにミシンでダーッと雑巾《ぞうきん》にしてある。あるときミシンを買い替えたいって言って、ずいぶん立派なミシンがやってきたの。ミシン屋さんが私に一生懸命使い方を説明するんだけど、「使うのはこっちです」って夫を指さしたら「え？」って。
阿川　アハハハ。うちも、アイロンは圧倒的にオジサンが担当ですけど、私はアイロン台が場所をとるのが嫌で、小さい板型のを使っていたんです。「アイロン台買っていい？」と聞いてきたと思ったら、こんなロボットみたいな大きな台がやってきて。
大石　やだ、うちも同じ！　バカデカい、クリーニング店にあるようなのを買ってきた。
阿川　そうそう、ガチャン、ガン、ガチャーン！　っていう折りたたみ式の。あれにはびっくりしました。

男は〝ぱなし〟族と心得よ

阿川　一緒に暮らして驚いたのが、〝ぱなし〟が多いこと。電気つけっぱなし、置きっぱなし、ドアは開けっぱなし、出しっぱなし。

大石　いかなる男もそうじゃない？　うちも〝ぱなし〟族。

阿川　長らく「トイレ蓋戦争」ってのが続いてね。トイレの蓋を閉じたい。でもアチラはいつも開けておきたい。最初は「また！」って怒ってたんですが、まあ、一緒に生活をするってこういうことかと最近はあまり気にならなくなってきました。開いているのを見つけたら、黙って私が閉められるようになってきた。でも、オジサンはオジサンで私が「なぜトイレの蓋をいちいち閉じるのか」「なんで資料や本を床に置くのか、理解できない」とブツブツ言ってますけどね。

大石　やっぱりまだまだ新婚っぽいな、やりとりが（笑）。

阿川　そりゃあ、結婚40年の先輩に比べれば……。ところで大石さんは、外食の際支払いってどうしてます？

大石　うちは夫とめったに一緒にご飯に行かないけれど、行ったときは夫が財布から出すように仕向ける。それ私のお金じゃんって内心思いつつも（笑）。私なんて特に、ナチュラルにしてると威張っちゃうから、意識的に一歩下がってるふうにして、夫を立ててる。そのほうが世間的にみんな楽でしょう、きっと。

阿川　そうなんですよね。でも、あとで割り勘にするんですけどね。

大石　割り勘？

阿川　といっても本当に適当なんですけど。オジサンは家計簿をパソコンでつけていて、最終的に帳尻を合わせたいらしいんです（笑）。日記もずっとパソコンで書いていて、「ゴルフ始めたのいつだっけ？」「～さんに会ったのいつだっけ？」とか聞くと、さっと検索していついつとか教えてくれる。

大石　ある意味便利ね。

阿川　そうそう、記録係なの。日記は暇なときにまとめて書いているらしいんですが、私が急に仕事が長引いて晩ご飯を一緒に食べられなくなったとき、うちの秘書に何を食べようか相談したらしいのね。で、秘書が焼き肉やお寿司を勧めたら、「ちょっと胃が重いけどイタリアンに行く」と。相談したくせに。で、理由を聞いたら「もう日記に書いちゃったから」って（笑）。

大石　阿川さんとイタリアンに行くつもりで日記に書いちゃったのね。日記を書き直す発想はないのかしら？　40年も前だけど、私も結婚した当初は細かいところが一々違うので、毎日驚いてましたよ。でも、そんなのは慣れてしまえば全然問題ないし、それよりも、仕事に理解があるとか、面白がるポイントが一緒とか、結婚ってそういうことのほうがずっと大事ですよね。

「恩義」「面白い」「飽きない」の法則

阿川　結婚されてから、大きな問題ってありました？

大石　夫は東北出身なんだけど、郷里はかなり男尊女卑な文化で。夫は違うんですけど田舎がね。特に私はたまにしか帰らないから生意気な嫁と不評でした。舅《しゅうと》のお葬式のときも仕事があってなんとか段取りをつけて夕方に行ったら、もう酒盛《さかも》りが始まっていて、夫が「静もここに来て食べなさい、飲みなさい」って言うからそのままテーブルに直行したら「あの嫁は来るなり、手伝いもせずにご飯を食べて酒を飲んでる」ってすっごい怒られて。別のときには白いセーターとアイボリーのスカートを穿《は》いて普通に歩いていただけなのに「上から下まで白い服着て、しゃなりしゃなり歩いてよー。まったく東京のおなごはよー」って悪口言われたり。

阿川　コワーイ。泣いたりしなかったの？

大石　夫が味方でいてくれたから、泣くようなことはなかったです。そういう意味でいえば、夫はどんな私も受け入れてくれるという自信はあったかも……ですね。

阿川　絶大なる信頼関係で結ばれてるんだ！

大石　でも実は、結婚して最初の10年くらいは、一緒に暮らしていながら洋服や本棚、食器や料理道具まで、「私の分」「夫の分」と、きっちり分けてたの。

阿川　えええーっ？　なぜ？

大石　お互い、すぐに離婚しそうな予感があったから。10年過ぎたころにやっと、お互いのものをぐちゃぐちゃにした。特に理由はないんだけど。

阿川　そうなってからも、離婚しようと思ったことはあるんですか。

大石　あるあるある。今も昨日も一昨日も（笑）。なんて言うのかしら、見るのもイヤになっちゃうときもあるわ。基本、夫のことは好きなのよ。会話も楽しいし、いないと寂しい。だけど、若いときのスラッとしたキレのいい感じが今はまるでないんですもの。それが時々猛然とイヤ。

阿川　歳は取るもんだし、お互いさまでしょう、そりゃ。若かりしころのご主人の姿に、よほど郷愁《きょうしゅう》があるの？

大石　そうかも。夫の仕事が一番いい時代に結婚してしまったので。ただのお爺さんになった今との落差が埋められなくて。ある程度歳を取った夫婦はみんなそう思ってるんじゃないかしら？

「台所に立っている君には感動しない」

阿川　爺さんになってから、どんどん好きになるということはないんですか。

大石　うちの場合はないです。

阿川　そんなきっぱり。

大石　若いころの夫の写真が出てきたときには愕然《がくぜん》としたもの。「こんなにステキだったのに、今のあの人、もう、いらな～い！」って叫びそうになる。

阿川　ひどい……。

大石　ひどいわね。自分で言ってて、ひどいと思いました。歴史は残酷ですね。経済的にも、私が養ってもらっていた時代があって、お互いが対等に稼いでいた時代があって、今は私が夫を養っているという感じ。いろんな時代があるから、そのとき稼げる者が稼げばいいとは思ってますけれど。

阿川　素敵な関係だなあ。

大石　でも、今はパワーがないし精彩がないの。それが寂しくて嫌なの、きっと。
阿川　夫に精彩を求めるか？
大石　私の場合はね。
阿川　とかなんとか言いながら、今も結婚生活を続けている理由はなんですか？
大石　「恩義」があるから。その一言に尽きます。
阿川　恩義？
大石　私は20代でガンを患って最初の手術をした後、いつ再発するかわからない状況で結婚したの。再発の危険と隣り合わせなうえ仕事も低迷中で「自分は世界一不幸だ」と思ってた。女優になりたかったけれどチャンスは全然なくて、同い歳の女優が朝ドラのヒロインをやってるのを見てはメソメソして、クサクサして、心が壊れそうだった。
阿川　意外〜。
大石　そんな私に夫が言ったの。「ここでただ泣いていても誰にも気づかれない。小さくても自分で劇団を作るとか、アクションを起こさないと人の目にはとまらない。君は女優になりたいんだろう？　行動を起こせ」。当時は新作を書いて上演しないと注目されない時代だったから「じゃ、自分で自分に役を与えるつもりで脚本を書こう」と思いついたわけ。

阿川　なるほど、自分の役の本を自分で書く。
大石　でも、劇団なんてひとりじゃできっこない。そう言ったら、「同じような落ちこぼれと組めばいい。とにかく旗を揚げろ、一歩前に出ろ」と夫が言うの。
阿川　旦那さま、カッコいいじゃないですか！
大石　「でも、家事もあるし……」とまだぐじゃぐじゃ言ってたら「今日からうちのことは一切やらなくていい。やりたいことだけやりなさい。台所に立っている君には感動しない。やりたいことをやっている君のほうが絶対素敵だ」って。東北人だけどちょっとイタリア人みたいでしょう？
阿川　働く女性にとって、理想の夫ですな。
大石　それで決心がついて、同じく女優になりたかったけれど落ちこぼれの演劇人だった永井愛さんと組んで、劇団「二兎社《にとしゃ》」を作ったんです。

離婚をやめた理由

阿川　もしかして、生まれが卯年だから「二兎社」？

大石　そう。ふたりだけの劇団で交互に戯曲を書いて主役をやることにしたの。脚本を書いたこともなければ書くことの怖さも知らなかった。今思うとそれがよかったのかもしれません。永井愛さんはその後、劇作家として高く評価され、取るべき賞はすべて取り、劇作家協会の会長に登りつめ、今や演劇界の重鎮です。

阿川　それまで一度も書いたことなかった人が⁉

大石　うん。旗揚げ公演は立ち見も入れて50人ぐらいの小さな小屋だったけれど、スタッフは一流。当時舞台監督だった夫が、照明や美術の一流スタッフを連れてきてくれたからです。本物のプロフェッショナルに支えられて、素人の私たちも注目されるきっかけになりました。

阿川　もう、ダーリンにチュッチュッ、ギュウしなきゃダメですよ。

大石　「やりたいことに向かって生きなきゃダメだ」と言ってくれたこと、これがすべてですね。でないと、今の私はないですから。

阿川　大石さんのことを深く理解していらしたんですね。

大石　でも、旗揚げ前はなぜか夫とギクシャクしていたのです、もう離婚しようかと。

阿川　え、そうなの？

大石　話し合って離婚届を書いて、いざ提出っていうときにガンが再発して即入院。当時夫は舞台の仕事でものすごく忙しかったんだけど、毎日一生懸命看病に来てくれた。私のパンツを干している姿を見て「この人を失わないほうがいいかな」ってしみじみ思ってしまい、それで離婚は取りやめ。

阿川 旦那さん、本当に素晴らしい人だなあ。

大石 その後よ、放射線治療や自宅療養をしながら鬱々《うつうつ》としているときに、夫が「やりたいようにやれ、世間が何と言おうとも、自分の人生だ」と言ってくれたのは。

阿川 こう言っちゃなんですが、大切な奥さんの余命があとどれくらいか不安、だったら好きなことをやらせてあげたい、という気持ちもあったのかも？

大石 夫はときどき遠い目をして言ってる、「儚《はかな》い命の嫁をもらったと思っていたけど……」って。

阿川 「ずいぶんと長生きしてるね」って（笑）。

大石 でも、夫は当時それなりにモテたみたいで、儚い命の嫁がいながら裏で、適当に女性とつき合ったりしてはいました（笑）。

阿川 あ、そうなの？　証拠はつかんでたんですか。

大石 だいたいわかるわよ。ただ、遊び感覚の浮気っぽかったから別にいいかなって。当時、私はオペラのキュー出しのアルバイトをしてたんだけど、夫とたまたま一緒の仕事になったことがあったの。夫は舞台監督でしょう。コーラスの女の子の中に気に入った子がいて、50人くらいいるコーラス隊の前で、その子に「君だけに」ってお菓子を渡したりするのよ。照明室から私はその様子を見てて、「へえ~こうやって口説くのか」と観察してた。

阿川 舞台監督に「君だけに」なんて言われたら、新人はコロリと落ちるな。

大石 次の日には女の子が、夫のことを目で追ってるのがわかるのよ。私は旧姓で仕事をしていたから夫婦だと気づかれてなくて。

阿川 けっこうプレイボーイだったんですね。

大石 私も好きな人ができると一直線で、夫に目がいかなくなる。それを見た夫は「いつまで生きるかわからない儚い命だから、好きな人がいるなら好きにすればいい」と。

出会って1ヵ月で入籍

阿川 しかし、オープンなご夫婦ですな。そもそも、なんで結婚したんですか。

大石 何で結婚したかは、よくわからない。当時の私は、夫の前につき合っていた既婚男性と不毛な恋愛をしていたから、次につき合った人とは絶対結婚するんだって念じてたの。あっちももうそろそろ結婚かなって思ってた時期だったでしょう。出会って1週間で結婚を決め、1ヵ月で入籍してしまいました。夫はあの頃、イキイキ仕事してたし、評価もされてたし、背が高かったし……。でも今はとにかく恩義だけ。この恩義はとてつもなく深い。それとやっぱり、阿川さんの旦那様と同じで、夫も面白いことをポロッと言うのよ。お互い演劇の世界でやってきたから、芝居を見た感想もなるほどって思うし、お互いに飽《あ》きないのかもしれないわね。

阿川　恩義、面白い、飽きない。加えて背が高いところ、か。

大石　うまくいく結婚の法則のようなものが見えてくるでしょう？

阿川　見えてくるか？

夫以外の人を好きになったら

大石　あるとき、私が婚外恋愛で夢中になった相手が独身で、「結婚してくれ」って言うから「お父さん、結婚してくれって言われちゃった。どっちが好きかっていえば今はあっちが好きかも。またちょっと離婚したいかも」って相談したの。そしたら「君がそっちへ行きたいんならしょうがない。いいよ」ってすぐ回答がきた。

阿川　それって、結婚してどれくらい経ったころ？

大石　10年ぐらいかな。「好きなことをやりなさい」と言われてから7年後。それで、そのとき初めて三者面談をしたの。夫と、その「結婚してくれ」男と、私とで。

阿川　えええっ？　つまり、離婚調停という段階ですか？

大石　いや、まずは夫が彼に「この人を大事にしてやってくださいよ」と……。

阿川　ちょっと待って。それ、大石さんは納得してたんですか？

大石　それでおさまればいいか、くらいに思ってた。別れても夫はきっといい友人でいてくれるだろうし、イヤになったら戻ってきても許してくれそうだなと（笑）。
阿川　なんと図々しい！　戻るつもりだったんかい！
大石　でも、そのときの私と夫のやりとりを見て、つき合っていた彼が「すみません、今のままでいいです」って言ったのよ。こっちとしては「ハア〜？」みたいになっちゃって。
阿川　怖気《おじけ》づいたんですかね？
大石　「どういうこと？　うちの夫は一緒になりなさいって言ってるのよ！」って詰めよったら「自信がなくなった」って。
阿川　夫婦の間にスキが見えなかったんじゃないの？　どうせなら元旦那とは思い切り憎しみ合って別れてほしいって思ってたんですよ、その若者は。
大石　その後も私は彼が好きで別れられなかったんだけど、だんだんと暴力を振るうようになって別れちゃった。夫が「暴力振るうのだけはやめてもらいたい」って彼に言いに行ってくれたんだけどね。
阿川　保護者か！
大石　彼に殴られて顔が腫《は》れたとき、夫が医者に連れてってくれたのね。そしたら担当医師が夫をすごく睨《にら》んだの。夫は「僕じゃない」と弁明して、私もあわてて「この人じゃないんです」って説明して。帰り道、申し訳ないな、やっぱり夫のほうがいいなってしみじみ思ったの。
阿川　そもそも、旦那以外の男の、どこがそんなによかったんですか。
大石　……エッチが……。
阿川　ああ。
大石　だから、なかなか別れられなかったの。だけど暴力はねぇ。
阿川　よく、エッチしても心さえ奪われていなければいいっていう人がいるけれど、やっぱりこれはすごく大きな問題じゃないかと思うんですけど。旦那さまは、妻が若い男と四六時中エッチしてるということについては、どう思っていらしたんでしょう？
大石　夫は今でいう草食系男子。女の子と仲良くなっていくプロセスが好きなタイプ。ねちっこくないっていうか、エッチもスルスルーって終わって本を読んでるみたいな感じ。そしたら、私の価値観を揺《ゆ》るがすような男が登場して……。
阿川　燃えたぎっちゃったんですか。
大石　まあね……25歳で結婚して30歳ぐらいから夫とはほとんどセックスレスだったし。「僕が力不足だからねえ」って認めてたもの。でもね、不思議なことに、婚外の男と過ごした後って、すぐ家に帰りたくなるの。さっさと身支度しちゃう。早く家に帰って、夫とワインでも飲んだほうが楽しいなって。
阿川　後ろめたさはないんですか？
大石　三者面談して以降は後ろめたさゼロになっちゃった。図々しいわね、すみません。
阿川　それにしても不思議なご夫婦ですね。絶妙なバランスが保たれているような。
大石　いろいろありましたが、なんとか今も暮らしてます。

何年たっても「中身より見た目」

阿川　結局、夫婦って、結婚って、何なんですかね。
大石　長い時間かけて育《はぐく》んでいくものじゃないかしら。って、どの口がそれを言う（笑）。
阿川　まったくだ！
大石　他人同士がくっついて家族になって、いろんなことを乗り越えて、一緒に歳を取るって感じかしら。
阿川　継続は力なり、ですか。
大石　夫婦によって抱えている問題はさまざまだけど、たとえばうちの場合だったら、「稼ぐ」

ことに関してお互いに変なプライドがなかったのは大きかったかな。その時代、その時代で、稼げるほうが稼げばいいと。あとは何度も言うけれど「恩義」。夫は、私の人生を左右する言葉をくれた人だから。感謝よりももっともっと深いの。それと、夫はやっぱり私のタイプ。

阿川　たとえ今は精彩を欠いていても？

大石　そうね、相当衰えたけど……でも、毎日顔を突き合わすでしょ。よく中身が大切なんて言うけれど、見た目がどうにもこうにもダメな相手とは、どんなに中身がよくってもうまくいかないわよ。

阿川　紆余曲折《うよきょくせつ》40年夫婦が言うんだから、妙な説得力はありますが。

第2章　オバサンの「恋愛論」

真実の愛は倫理を超える

阿川　大石さん、今は恋しているんですか？

大石　仮にしているとしても簡単には語れないわ。もう年だし、一応、夫がいる身ですから。

阿川　前章であれだけ赤裸々に語ったくせに。

大石　昔話だもん。そもそも、正しい恋愛なんてないと思いません？　最近の不倫報道にはちょっと違和感がありますね。殺人犯みたいに叩くでしょ。保守的で、すごく恐ろしい世の中になってます。

阿川　思うに、ドラマや小説、映画では、不倫ものだったりやるせない恋の物語だったりを、みんな感動しながら観るわけでしょう？　あと、ずっと昔にさんざん不倫してきた人は、いつのまにか「人生の達人」と尊敬されるようになったりもする。なのに現実の、しかも現在進行形の不倫は、めちゃくちゃに非難されますよね。この矛盾はなんだろうね。

大石　私がドラマ『セカンドバージン』を書いたときもそうでした。ふたりの恋に感情移入してくださる視聴者がいる一方で、「ＮＨＫなのに、なんで不倫ドラマなんかやるんだ」「大石静は不倫ものばかり書く」「あいつが書くものは行儀が悪い」って、そりゃあもう、散々な言われようで。

阿川　でも、視聴率はすごくよかったんでしょ？　『失楽園』ブームもそうでしたが、視聴者って、表向きは道徳的な人間でいたいけれど、心の中では反道徳的なことに憧れるっていう複雑な心理なんでしょうか。

大石　もちろん家族に迷惑をかけないほうがいい。でも、やむなき思いというのもまたあって。誰かが誰かを好きになる、その出会いの順番が狂ってどうしようもなく好きになっちゃったってことは、世間がいいとか悪いとか騒ぐことじゃないと思います。きっと人は、自分ができないことをやってのける人を嫌悪するのね。自分が憧れていることなら、なおさら。

阿川　そうかあ……。

大石　その恋愛が正しいかどうかは、当事者が決めること。もしかしたら当事者だって決められないかもしれない。だから周囲がとやかく言うことじゃないと思います。真実はいつだって倫理とか常識とかの向こう側にある。私は脚本を書くとき、常にそのことを念頭においています。ラブストーリーでもホームドラマでもサスペンスでも医療ものでも、それをきちんと描きたいと。ところで阿川さん。もう、何が何だかわかんなくなるくらい溺れまくるような恋、したことある？　ご主人との出会いの前に。

阿川　ない、わけではない（笑）。

大石　よかった、ホッとした。それくらいベロベロ、フニャフニャになって溶けちゃうほどの恋って、やっぱり命を息づかせるために必要よね。

阿川　そんな、ナメクジみたいに（笑）。確かに若かりし頃は、恋い焦がれている人の手が、自分の肩とか背中にチラッと触れただけで、「……んあああん」って身もだえて、とろけそうになったことが、あるね。まさにナメクジ。やだ、思い出しちゃった。

フラれてよかったと思うとき

大石　初めてキスをしたときは「キスをした！」って事実だけで1ヵ月は生きられた。何も食べなくても。

阿川　それ、いつの話ですか？

大石　17歳、高校2年だった。仲間とスキーに行ったとき。

阿川　ほーお。リフトの上で？

大石　夜、買い出しに行く途中、吹雪の中で。その後はもう大変よ。食事をしててもお手洗いに行ってもスキーをしてても、「キスした、キスした、キスした、キスした、キスした……」って、頭はそのことでいっぱい。東京に帰ってきても、その記憶だけで生きていた感じ。「こんな映画のようなことが私の人生に起こるなんて」と映画のヒロイン気分でした。

阿川　私はキスした、キスした、キスした、キスしたぞー。

大石　その人とは1年くらいつき合ったんだけど、フラれたの。いつまでたっても友達に紹介してくれなくて。女って若いときほど公にしてもらいたいじゃない？　しびれを切らして「私のこと、友達に紹介してほしい」って言ったら、「僕は静のことをかわいいと思うけど、一般的に見て静はブスだから、友達には紹介したくない」って言われたのよ。

阿川　ええ？　ひどすぎる！

大石　自分がブスの方に分類されるっていう事実に衝撃を受けたんだけど、その後いろいろあって、ボロ雑巾のように捨てられるまでずっと彼にしがみついてた。

阿川　そんなに好きだったんですか⁉

大石　最初の恋だし、発情期だったのではないかしら？　のめり込んじゃうとプライドも何もないのよ。ストーカーみたいに、彼の家の前まで行ったり駅で待ち伏せしたり。最後に会ったときの彼の顔、今でも覚えてる。呆れたような憐《あわ》れんでいるような。そのときやっと「ああ、もう私のこと本当に嫌いなんだ。好きじゃないんだ」ってわかって吹っ切れた。今振り返れば、そんなに執着するような人でもなかったんだけど（笑）。

「青い空、白い雲に、コカ・コーラ」みたいな人

阿川　そうなんですよね。一度吹っ切れてしまうと、なんであんなヤツに夢中になっていたのかわかんなくなるほどさっぱりしちゃうのね、オンナって。

大石　その彼は、青い空、白い雲に、コカ・コーラ！　みたいな人。スキーが上手で、すらりとして慶応ボーイでかっこよくて。もう、絵に描いたような爽やかさ。まぶしかったわ。本当は私と最も合わないタイプだったのに、気づかなかったわね、あの時は。

阿川　スポーツマンでハンサム、好青年のロバート・レッドフォードと、外見は超美人ってわけじゃないけど志の高いバーブラ・ストライサンドの大恋愛のようなものかしら。映画『追憶』の。

大石　あの映画、いい映画だったわね。私の映画ベスト10に入ってるわ。30歳を過ぎた頃かな、その彼と表参道のあたりでバッタリ会ったの。サラリーマンになっていて「今度、ご飯でも食べようよ」ってご馳走してもらった。

阿川　運命の再会。まさに映画『追憶』そのままの展開ですな。

大石　当時私は脚本家になりたてのころで、「静は何を喜びとして、毎日を過ごしているのか？」みたいなことを質問されたのよ。

阿川　なんだろ。……「恋愛」？

大石　「評価」って答えたのよ、とっさに。当時劇団もやっていたから、どれだけのお客が来てくれるのか、私の書いた戯曲がどう評価されるか。テレビの脚本も1、2本は書いてたから、その反響とか。そういう意味で「仕事の評価」って答えたら、彼、黙り込んじゃった。

阿川　その答えの何がダメだったの？

大石　彼いわく、「再会してから、僕は静と久しぶりに会うことだけを楽しみに、毎日つまんない仕事もこなした。当然、静も、〝元カレと会うのを楽しみに今週はがんばった〟と言ってくれると思ってた。その程度の答えを期待して聞いたのに、〝仕事の評価〟とは……。そういう女になったのかと思ってひるんじゃったよ」と。

阿川　なーにを今さら。

大石　ビビるほどのことでもないのに、何言ってるんだろって思ったな。やっぱり合わなかったんだと納得できたけど、歳を取ってもカッコいいとは思ったわよ、見た目はね。

阿川　そういえば、私も似たような経験がありますです。20代のころ、お見合いのひとつとでも言うんでしょうか。ある新進気鋭の建築家をご紹介いただいたことがあって。建築関係にちょっと憧れていたの、その頃。

大石　建築家の恋人、いい響き。

話のつまんない男はダメ

阿川　一度ふたりで食事をしたんだったかなあ。その後、「うちでパーティがあるから、今度ぜひ」って誘われて。やったー、これでご両親にも紹介される段階に来たのかしらって、気後《きおく》れしながらもお洒落《しゃれ》してその人のお宅に伺ったんです。そしたらものすごくモダンな家で、ご家族も知的な人たちばかりで、外国人もたくさんいて……私にとっては別世界！　ぽわ～んとなっちゃって、「ここの嫁になったら素敵だろうな」なんて妄想を膨《ふく》らませていたら、コロッとフラれたんですよ。

大石　おつき合いしてたのに？

阿川　いや、一回食事してホームパーティに行っただけなのに、おうちに呼ばれたからガールフレンドとして認知されたんだと、こちらが勝手に思い込んだだけで。あちらは「まだ結婚する気もないし……」みたいな感じで、なんとなくフラれたの。でも、私はずーっとその人のこと、素敵って思ってたんです。その後、その方の噂を聞いたり、活躍されているという話を聞いても、ずっとね。もしあの人の妻になっていたら……なんて。つき合ってもいないくせに、かなり長らく引きずっていたの。
大石　若いころは、自分とまったく違う世界の人って憧れるわよね。
阿川　ずいぶんと経ってから、あるシンポジウムで司会役の依頼があって、よく見たら、その憧れの君が、パネラーの一人にいるではありませんか！
大石　再会しちゃうのよね、なぜか。
阿川　彼はもう結婚してお子様もいらっしゃいましたけどね。当時私は「週刊文春」のインタビューも始めてたのかな。でも実際にシンポジウムが始まったら……、その人、なんだかつまんないことしか言わないの（笑）。そのとき、あー、フラれてよかったと、さっぱりスッキリしちゃった。
大石　話がつまんない男はダメよね。
阿川　それに「この人つまんない」と思ってる自分にもビックリした。大石さんの元カレの話じゃないけど、昔は私も見た目とかセンスの良さとか、そういう外見重視のオンナでしたからね。でも、歳を重ねるにつれ、そういう要素はどんどんどうでもよくなってくるのね。もうぜんぜん面食いじゃないもん。でも、背が高い人が好きな傾向は、まだ残ってるかな。
大石　私も大きい人が好き。小さいからね、私たち。１５０㎝コンビ。

阿川　背が高いだけでプラス20点ぐらいになりますよね。少々話がつまんなくても。

大石　ちなみに夫は１８５cmあったのよ。今はもう縮んじゃったから１８２cmくらいになってるらしいんだけど。

阿川　これは生物学的欲求だからしょうがないですよ。小さな動物は大きな動物と合体して、種のバランスを保とうとするのが自然の摂理だそうですから。

今も昔も面食い

大石　確かに、夫は小さい人が好きみたい。「モデルみたいにスラッとした女には何も感じない」って。今日も「阿川さんと対談？　いいなあ。カワイイよなぁ。阿川さん」って、たいそう羨ましがっておりました。

阿川　ありがたきお言葉。私も１５０cmを切りました。歳を取ると縮むようです（笑）。

大石　よく考えたら私、今も昔も面食い、きれいな人が好きだな。

阿川　大学時代の青い空、白い雲のコカ・コーラ君ね。

大石　他にもあれこれ。やっぱり長く一緒にいるためには、見た目が好きな相手じゃないとダメよ。また言っちゃった、同じこと。

阿川　懲《こ》りないのね。

アガワ流「とんがらし的恋愛術」

阿川　ちなみに、恋愛で学んだことってありますか。

大石　人の気持ちは移ろうということかな。最初の恋のとき、当時はストーカーという言葉はまだなかったけれど、彼の気持ちが完全に冷めているのがわかっていても「どこがいけないの？　いけないところ全部直すから」って追っかけ回してた。だけど、男の人ってそういうのすごく嫌うじゃない？　男の人は面倒くさがらせてはいけないってことにも気がついた。

阿川　面倒くさがらせないでつき合うってどういうことですか。

大石　こちらの愛を訴えすぎないこと。若い頃は、自分の中に湧き上がった感情を全部相手に伝えたいし、伝えたほうがいいと信じてた。でもそれって鬱陶《うっとう》しい。特に私は愛を出しっ放しにしたらすごいことになっちゃうから……。

阿川　愛の出しっ放し！　水道じゃないんだから。

大石　だから、歳を重ねて愛をセーブする訓練をしたわけ。相手が求めているときだけパッと出すように。むやみやたらと手紙を書いて、今ならメールを書いて思いを表現するのは、極力控えるとか。

阿川　それはわかります。恋はゲームだっていうのは、私も18、19歳のころに悟《さと》った。こっちがノッたら、あっちはソるし、あっちがノッてきたときは、こっちがソるんだな、これが。ノルソル法則ってのを、友達とよく話した覚えがある。そういう駆け引きをどういうタイミングでするかが難しいねえとか、それが恋には大事なのかもって、語り合いましたよ。

大石　嫉妬し過ぎてもいけないけど、ちょっとはしなきゃいけないいし。

阿川　そうそう。嫉妬はちょっと必要だもんね。

大石　と言いつつ私は、好きになっちゃうと最終的に駆け引きとかどうでもよくなっちゃう。もう破滅してもいい。私のほうを向いて、私のやり方についてくればいいの！　って。

阿川　激しいなぁ、もう。

大石　今はそうじゃないわよ。60歳を過ぎるとそんなやり方は素敵じゃないし。自分も破滅してもいいし相手も破滅させてやるっていう情熱はもうないな。女性ホルモンも減ってきてますから（笑）。

恋愛のピークで死にたい

阿川　大石さんは、恋愛のどんなときが一番好きですか。

大石　互いの思いが一番ピークのときにプチッと命も終わりたい、といつも思ったわ。彼に抱きしめられた瞬間、もうこのまま命が終わってほしい……と切に。

阿川　ぜんっぜん、思わない。

大石　とことん好きになると、交通事故とかで相手が死なないかな、と本気で思う。

阿川　なんで！　死んだら悲しくないですか？　恋愛のピークの瞬間に相手が亡くなれば、最高の状態でその恋愛を記憶にとどめておけるってこと？

大石　というより、その瞬間だけを味わい尽くしたいってことかな。この先別れて苦しい思いをするより、お互いの思いがピークのときにプチッと終わる方が素敵じゃないかと。小説『失楽園』のラスト、ふたりは交わりながらワインで毒をあおるでしょう？　両方とも離婚してきれいな身になって、やっと結婚できる状況なのに死を選ぶ。つまり一番絶頂のときに死ぬのよ。すっごい共感するわ。

阿川　要するに、この人と一緒にいるときが幸せという感情は、相手のみならず、自分もいずれ冷めるだろうっていうことを知っているからですか？

大石　そうかもしれない。始まったものは必ず終わりがあるから、命と一緒で。

阿川　私は、恋の始まりで会いたくてたまらないって興奮しているときでも、頭のどこかで「ケッ」て笑ってる自分がいます。コトに及んでいる最中でさえ、どこかで「笑っちゃうよね〜、その格好」と思っちゃったり。いつか必ずこの興奮状態は正常値に戻るときがくる。早く元に戻りたいって思う。夢うつつな状態がものすごく恥ずかしいんですよ。あとで思い返せば懐かしいこともあるけどね。

大石　そうね。ちょっと年齢が上がってからの恋はどこか気恥ずかしい。どんなに燃えていても、ププッというところは確かにある。

阿川　相手がロマンティックなセリフを言ってきても「うれしいわ」と思う一方で、「バッカじゃないの？」と毒づく自分もいたりする。

大石　そう思いながらプチッて終わると素敵じゃない？

阿川　イヤだあ、まだ死にたくないよ。だけど、「バッカじゃないの？」って思いながら徐々に徐々に気持ちの温度が下がっていって、ゆるやかに安定期みたいなところに入っていく感じは好きですよ。冷めたともまた違う、ちょうどいい温度になってくプロセスは。

明日の恋もとんがらし

大石　その安定期みたいなあたりが、阿川さんにとって心地いいわけ？

阿川　なかなかにいいものだと思うけど。その中でときどきピリッと、とんがらし的な刺激が蘇《よみがえ》るっていうのも、また嬉しいし。

大石　「とんがらし的刺激」か。いいわね、ドラマのセリフに使おう、メモメモ。

阿川　情熱的に愛し合う「ピーク的刺激」と違って、安定感の中にある「とんがらし的刺激」って、それはそれで快楽だと思うんだけどな。ピークがずっと続くと落ち着かなくて「今、おかしいよ、佐和子、おかしいよ」ってもうひとりの自分がささやくの。だから、安定の中の一瞬の刺激なら安心できる。

大石　ふ〜ん。私たち、ぜんぜん違うわね。それにしても「とんがらし恋愛」、いい響き。「明日の恋もとんがらし」ってタイトルのドラマ、どう？

阿川　一体どんな話になるんだ？

第3章　「家族」とは?

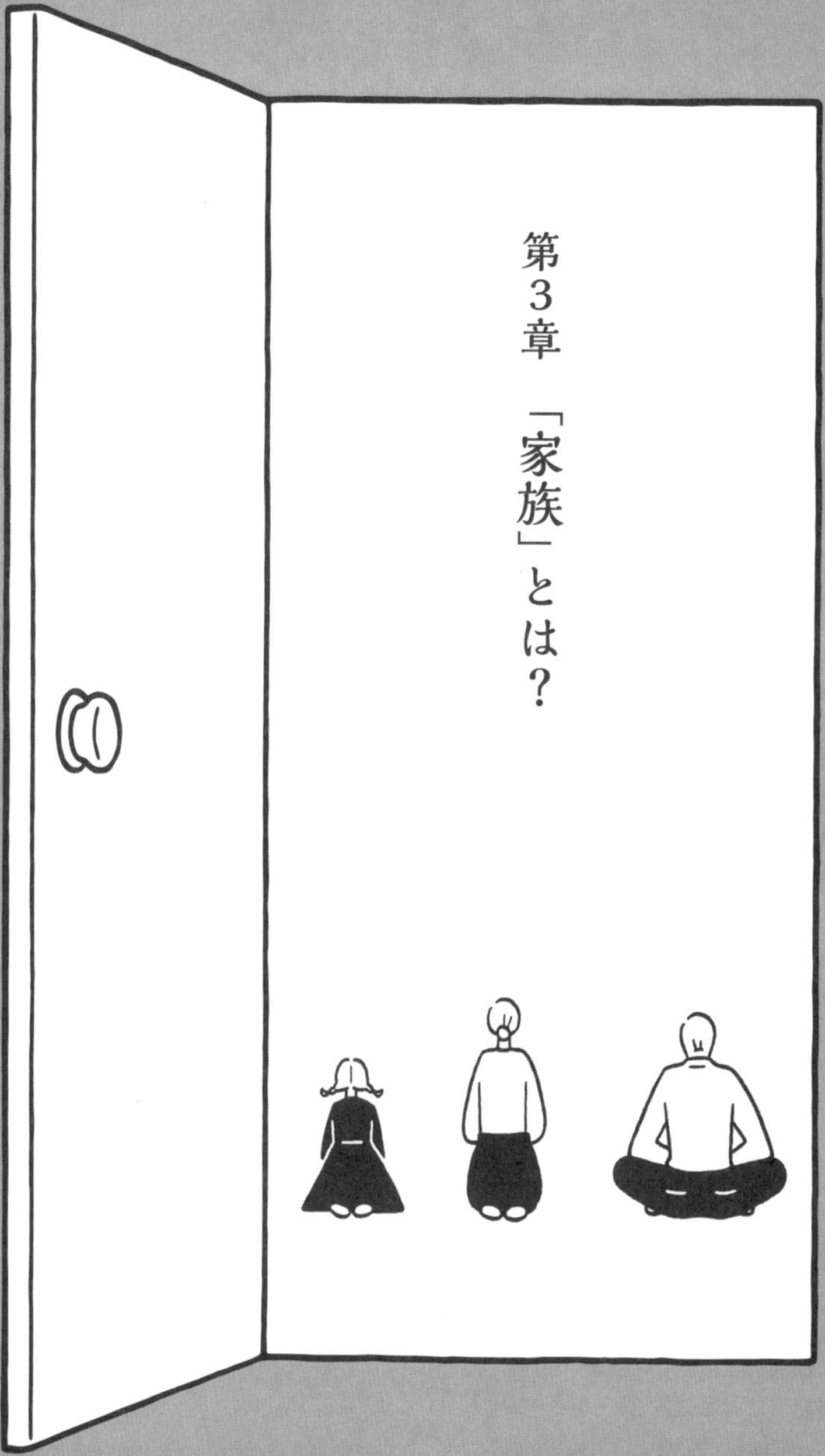

男と対等に生きるか、亭主を支えるか

阿川　大石さんの作品って、〝2〟が絡むものが多くないですか？『ふたりっ子』に『セカンドバージン』、『セカンド・ラブ』でしょ。つくった劇団も「二兎社」だし。

大石　宿命かしら。二つの仕事、二人の男（笑）。〝2〟は私の大切なキーワードね。子供の頃は、母親が二人いるような生活だったし。

阿川　それ、『サワコの朝』（ＴＢＳ系）でもお聞きしましたけど、お母さんが二人いたっていうのは、大石さんを知る上で重要なポイントだと思うんです。そこらへんの「静の秘密」から繙《ひもと》きますか。

大石　秘密っていうほどのことではないけれど。

阿川　まず、大石さんは、神田・駿河台にある旅館「駿台荘」のお嬢さんとして生まれた。駿台荘と言えば、お客様のほとんどが名だたる文士や学者の先生方で、その筋ではつとに知られたお宿だったんでしょ？

大石　作家をカンヅメにするための宿です。

阿川　作家が長逗留《ながとうりゅう》して原稿を書く宿。昔は全国各地にそういう旅館があったみたいですね。ちなみに、うちの父は「駿台荘」に伺ったことあったんですか？

大石　阿川先生は見たことないわ。長くいらした方では、江戸川乱歩先生や松本清張先生、五味康祐先生、五味川純平先生、檀一雄先生、開高健先生、柴田錬三郎先生、学者系では京都大学の桑原武夫先生や言語学者の大野晋《すすむ》先生、ほかにもいっぱいいらしたわ。

阿川　ほんとに錚々《そうそう》たるメンバーだねぇ。

大石　なかでも松本清張先生には、ここじゃなきゃダメ、という部屋があって……。

阿川　俗に言う、清張部屋。

大石　清張さんの『けものみち』という作品で、ヒロインが宿屋の秘密の通路を通って罪を犯して戻ってくるシーンがあるんだけど、その造りは「駿台荘」と同じなんです。

阿川　おっ、小説の中に出てくるんですね。

大石　駿台荘の〝書院〟という名の部屋は、中庭に面していて、そこから裏口に出られるようになっていたの。清張先生は、母に案内させて、何度も、その秘密の通路を通って外に出る時間などを計算なさっていたとか。

阿川　すごい！　大石さんちのお宿で小説のトリックを編《あ》み出したんですか。

大石　真ん中が中庭で、囲むようにコの字型に建物があったから、こちらの部屋から中庭越しに先生たちの部屋が見えるのよ。ある日、執筆しているある作家の横で、きれいな女の人が静かに鉛筆を削ってたの。そしてしばらくしたらすっと視界から消えたの。ふたりで重なるように横に倒れてそのままフーッといなくなっちゃったのよ。私はまだ小さかったから、よく意味がわからなかったけど、見てはならないものを見たって感じて、ぞわぞわってしたのを覚えてるわ。

阿川　何歳ぐらいのとき？

大石　幼稚園くらいかしら。おませな子供でしょう（笑）。

二つの家、二人の母

阿川　大石さんはその旅館の娘かと思いきや、実は本当のお母さんは別にいらしたと。旅館を経営していた女将《おかみ》さんは、養母だったんですよね？

大石　生まれた家と生みの母はまた別で。二つの家があり、母親が二人いたようなもの。

阿川　やっぱり2に縁があるのね。
大石　実の母親は、産後の肥立《ひだ》ちがあまりよくなくて、ちょっと臥《ふ》せていた時期があったの。その間、父が生まれたばかりの私を隣の旅館の女将さんのところに連れてって、世話してもらったりしていた。最初はお隣さんだし「かわいいでしょ」って、見せてるだけだったんだと思うけど。ちなみに、うちの両親はその女将の紹介で見合いをして結婚したのよ。
阿川　その女将はご両親の仲人さんってこと？　仲人さんが養母さんになっちゃったの？
大石　ややこしいでしょ。
阿川　その女将さんは、結婚されてなかったんですか？
大石　そう。生涯独身。だから、隣の大石の家は親戚みたいなものだったんじゃない？　自分の紹介で結婚した夫婦だし。
阿川　そもそも、なんで知り合ったんですか、お父様とその女将さんは。
大石　女将の持っていた土地を父が買って、大石の家を建てたの。
阿川　女手一つで、そんな大きな土地持ちだったの？　どういう方なんですか、その人？
大石　田舎から出てきて日本女子大に行くという、当時にしては珍しい向学心のある女性だった。その後、関東大震災で焼野原になっていた駿河台の土地を、女将の父親が生前贈与のつもりで買ってくれて、そこに宿屋を建てて仕事を始めたらしい。

阿川　男に頼らず自活して生きていけと。朝ドラの原作になりそう。

大石　でもね、私は、父とその養母は、男女の関係だったと思うのよ。

阿川　ええっ？

大石　本当のところはわからないけど、それしか考えられないじゃない。確かに養母の紹介で父と母は結婚したけれど、母と結婚するころには、まだ養母との関係は続いていたんじゃないかって……。

阿川　じゃ、なんでふたりは結婚しなかったの？

大石　父にとって養母は結婚相手という感じじゃなかったのかも。年もだいぶ上だし。

阿川　生みの母上は、そのことをご存じだったんですか？

大石　わからないけど、私が気づくことなんだから、実母もわかったと思う、たぶん。

阿川　しかも、薄々ながらもアヤシイと思っていた女性に、自分が産んだばかりの女の子を持って行かれちゃうんでしょう？　心中お察し申し上げたくなる。

生きることはつらいこと

大石　実母の体の調子が悪いから仕方なかったのだけれど、「じゃ、ちょっと面倒見てあげましょう」って、養母は自分の子のように連れ出してくれたの。

阿川　でもその方、子供を育てた経験はないんでしょう？

大石　だからなのか「かわいい、かわいい」って、まるでペットのように猫っ可愛がりしてくれた。尋常じゃない可愛がり方よ。きれいなお洋服を着せてくれて、なんでも買ってくれて。そして、こう言うの。「早くいい所にお嫁に行って幸せになりなさいね。自立なんて考えてはいけませんよ」って。

阿川　面白ーい。女手一つで旅館を経営するスゴ腕女将が、「女の幸せは、結婚して子供を産んで家庭の中で亭主を支えること」を推奨《すいしょう》するんですか。

大石　「私はこれまで1日たりとも男の人に食べさせてもらったことはない。だけどそれは、たやすいことじゃない。こんな苦労はあなたに味わわせたくない。自立することは、そんなに幸せなことじゃない」って。

阿川　苦労を知っているからこそ、奨《すす》められないと。

大石　一方で、私を産んだ母はまったく正反対のことを言ってた。「私のようになっちゃダメ。これからは男性と対等に生きなきゃ」って。

阿川　ほっほぉ。逆なんだ。本当にドラマになりそうな話ですね。そんな相反するふたりの母の間に挟まって、娘はどうすりゃいいのさ、思案橋。

大石　どっちの母の意見にも、うんうんってうなずいて見せてたの。家族の平和のために。甘やかしてくれる養母といるほうが居心地はいいけれど、子供心に実母の悲しさがなんとなくわかるのよね。養母は実母より年上だったし、時代が時代だし、逆らえない部分もあったんじゃないかな。

阿川　小さいころから、こちらが実母であちらが養母ということは、わかっていたんですか?

大石　ええ。実母は「ママ」、養母は「おばあちゃま」って呼んでて、ママは卵型、おばあちゃまは丸型の顔で、私は丸顔だったから実はおばあちゃまの子じゃないのかなと思ってたときもあった。とにかくいろいろ大変だったわ。思い出すのも疲れるもの。

阿川　なんか健気《けなげ》ね。そんな幼い頃から重い家族のミステリーを背負って。「ママ」のところではしっかりした少女を演じて、「おばあちゃま」の前では甘えん坊のか弱い女の子にならなきゃとか、両方をたくみに演じ分けたり？

大石　そうね。どっちの母にもニコニコしていて、学校でもニコニコ。

阿川　明るくていい子、優等生だった。

大石　いい子を演じていたけれど、なんで自分は生まれてきたんだろう、なんでこんなややこしい家に暮らしているんだろうって考えてた。だからなんとなく「生きていることはつらいこと」だと思ってたふしはありますね。

阿川　そうか。大石作品の根幹をなす、人間の心の機微を敏感に察知する力、鋭い観察力、ニヒルな視点は、幼少時代に培《つちか》われたもの。まさにセカンドの秘密ですね。

理不尽な父親とのつき合い方

大石　父は、本当にいい加減だった。「母親がどっちだろうと、子供はみんなに可愛がられればいいじゃないか」みたいなことを言って。その〝ずるさ〟みたいなのは、大人になってから、ちょっとわかるようになったけれど。

阿川　お父様は、アメリカ育ちの日本人なんですか？

大石　父は中学のときからアメリカに行っていて、頭の中はアメリカ人。勉強ができたみたいで「日本においておくより、アメリカに行かせて勉強させたほうがいいんじゃないか」と親は思ったらしく、親戚がハリウッドで花屋をやって成功していたから、あちらへ留学したの。毎日、アルバイトでいろんな花を大スターの家に届けに行ってたみたいよ。

阿川　そのころって、それこそハリウッド映画全盛の時代でしょ？

大石　花を届けながら勉強して、飛び級でカリフォルニア大学バークレー校に行って、建築を学んで、首席で卒業。

阿川　首席！　お父様、優秀な苦学生！

大石　首席のスピーチもして、そのときの写真もあったわよ。その後、大学院に行っている最中に真珠湾攻撃があった。朝起きたら兵隊が来て、何も知らされないまま拘束されちゃったんですって。医者とか大学院生とか教育のある人たちは、スパイになると困るっていう理由で、速攻身柄拘束されたみたいよ。でも、父が入った知識人だけの収容所は、ものすごく待遇がよかったみたい。

阿川　戦争中ずっとアメリカにいらしたんですか？　その収容所に？

大石　そう。父はそのとき日系人の恋人がいたんだけど、連絡が取れなくなって、どうやら悲惨な収容所に行かされちゃったらしいの。

阿川　なんか、ドラマのネタ、ゴロゴロのご家族ですなあ。

大石　終戦後帰国して熊谷組からの誘いを断って農林省に入って、食料交渉の最前線に立っていたことは確か。マッカーサーや吉田茂、白洲次郎の話を自慢げに話してるのを「フン」って聞き流してたけど、もっとちゃんと聞いておけばよかったわ。

阿川　やだ、吉田茂や白洲次郎のおそばにいらしたんですか。貴重な方じゃないですか。もったいない。

大石　でも、日本がうまくいき始めてからは、父が農林省にいても意味がないじゃない？　キャリアでもないし。だんだん居場所がなくなって、結局辞めて翻訳の仕事をしてました。志半ばにして建築を捨てたことを悔やみ、農林省でそういう扱いになったことを悔やみ……。だから後半は、寂しい人生だったかもしれないと今は思いますね。

阿川　じゃ、大石さんが知っているお父上は、半分ご隠居さん的な存在だったから、なおさら鬱屈《うっくつ》してたってこともあるんですかね。

物書きの娘として生まれて

大石　阿川さんのお父様は、いつも怒ってる話ばかりを聞くけれど、戦時中の話などは、おうちでされる方だったんですか。

阿川　してました。具体的にどこで何をしていたかというより、海軍教育についての話が多かったですね。ただ、私はそういう話を聞くのがあまり好きじゃなかった。俺がお前の歳にはすでに○○をしていたとか、海軍五分前精神を知らないのか、遅刻は許さんとか、子供を叱りつける道具の一つみたいなものだったからね。父が書いたものには海軍の話が多いんですけど、ほとんど読んだことがない。本当にダメな娘なんです、私。

大石 でも、お父様と同じ、物書きになった。

阿川 図々しくもね。

大石 ＤＮＡだわね。うちの父と同じく、阿川さんのところも不条理に怒り出す理不尽な父親だけど、やっぱり超一流の作家としての尊敬のまなざしみたいのがあったでしょう？

阿川 うーん、どうかな。とりあえず家が仕事場だから、父の仕事が何であるかはわかりやすい環境にありましたけれど、家の中が常にピリピリしているわけですよ。まず執筆の邪魔にならないよう、子供は静かにしなければいけない。父の虫の居所に合わせて家族は随時、対応しなければならないって具合で。父の執筆の都合によって食事が始まらないとか。父の機嫌がよければこちらも機嫌よくしていないと。ちょっとでもふてくされると、「なんだ、その顔は！」って、すぐ「出て行け！」って騒ぎになるしね。

大石 父親が一日中家にいるっていうのもつらいわよね。

阿川 本が売れたり評判になったりして、世間の人に認められていることについては、子供心にも誇らしい気持ちになりますけど、家庭人として立派かどうかって聞かれたら、「父親としては認めないぞ」って秘かに毒づいてた。しかも私小説は、家族を題材にして書くから、多少誇張したりするんですよ。今、自分が書く立場になると理解できるんだけど、子供の頃はねえ。学校の先生やいろんな人に「あなた、○○のときに、こういう失言をなさったんだって？」なんて言われると「違います！　あれはいとこの話です！」っていちいち訂正して回るのがつらかった（笑）。

大石　わかるわ。

昭和な雰囲気

阿川　だから海軍ものは難しくてわからないし、私小説はいちいち引っかかるし、必然的に『きかんしゃやえもん』しか読んでおりません」ってことになるわけで。もともと私は本を読むのが苦手で、父の本に限らず本になつけなかったというのもありますけどね。私と反対に、一番下の弟は本が好きでね。父の文章を積極的に読んで「お父さん、面白かったよ」なんて素直に感想を言うのね。そりゃ、父は大喜びですよ。私なんて、ちょっと読んだら、文章の中から父の怒鳴り声が聞こえてくる気がして避けてるから、父は「俺の新刊が出たが、どうせお前は読まないだろう」って決まり台詞《ぜりふ》にしてました。

大石　不条理に怒鳴る父親……昭和な雰囲気でいいですけどね……。

阿川　つまり、父の本を読むというのは、どこかで無理して「良い子」ぶらないと読めないない気がして、文士としての阿川弘之を尊敬するという段階に至らないんですね。

ファザコンは結婚が遅れる？

大石　一般的な阿川さんへのイメージって、ファザコンでしょ。なかなか結婚されなかったのは、お父様があまりに厳しいとか、お父様を超える男は見当たらないんじゃないかとか。

阿川　あのですね、ファザコンには二通りあると、私は思っておりまして。一つは、「お父様、大好き。お父様みたいな男の人がいい！」っていうタイプね。で、もう一つが、「父のような人ではない人と出会いたい！」ってタイプ。どちらも父親を過度に意識しているところは共通しているんだけど、私はどう考えても後者ですね。完璧に嫌いなら、父を無視して生きていけばいいのに、父から逃れられないひ弱な自分もいて、それが情けなくて……。

だいいち、父はそんなに立派な人間じゃないんですよ。人に礼を尽くすとか、文章に対していい加減には書けないとか、そういうことには驚くほど律儀ですけれど、一方でかぎりなく自己中心の甘ったれ。外面《そとづら》が良くて他人の目を気にして、無視されるのは嫌なのに、極度の人間嫌い。でもって癇癪《かんしゃく》が起きると自分でも止められないほどメチャクチャになって、自分が気に入らないと徹底的に許さないし、とにかく情緒が不安定で狭量なところがありました。そういう態度のメチャクチャぶりが度を超えると、見ていて可笑《おか》しいんですけれどね。ある意味では面白い人間だったと言えますが。

大石　家族にしかわからない顔ってあるものね。

阿川　たとえば食卓で、おいしくない料理が出てくると、「さあさあ、みんな食べなさい、どんどん食べなさい」ってお箸でお皿を押して、自分のところから遠のけるの。でも好物だと「ぜんぶ食うなよ！」って箸の先をペタペタお皿につけまわすんですよ。それって、大人のすることか？　みたいな、非常に子供っぽいところがありました。

大石　だからこそ書けるのよ、きっと。子供のような純粋な心で。

阿川　純粋っていうのか？

大石　人間の欲望や愚かさを、自分もそうだと自覚していらっしゃるから表現できるんじゃないかしら。

阿川　自覚するのは、メチャクチャになったあとですからねえ。被害は甚大ですよ。

大石　昔の男ってたいていそうよ。うちの父だって、母がずーっと自分のほうを見てないと嫌なの。自分はあちこちよそ見してるくせに。

阿川　とにかく、物書きはみんな、頭おかしいんじゃないかって思ってたもん、私。それぞれに狂い方はちがえども。

大石　小さいころ、文士の宿でいろんな先生たちのことを見てたけど、先生たちはみんな苦悩してたし、ワーッ！　と意味なく炸裂《さくれつ》して襖《ふすま》を蹴飛ばしたりしてたわよ（笑）。作品はその人そのものって言うけれど、あれ、どうかしらね。何だか気難しくて意地が悪いと思われる先生がものすごくヒューマンな作品を書かれたりするし、必ずしもその人格と作品は一致しないって、子供心に思ってたわ。

「漱石夫人は悪妻」は嘘？

阿川　一概には言えないけれど、組織に勤める人たちは、個性や育ちや能力にかかわらず、組織の中で何かを我慢してる、つまり〝個〟じゃないもので勝負せざるを得ない場面が多いでしょ。でも、文士って、〝個〟を発揮すればするほど作品に反映されるわけだから、抑える訓練をしないまま大人になっちゃうんですよね。それが芸術と言ってしまえば芸術なんだけれど、そばにいる家族はたまったもんじゃない。夏目漱石にしてもモーツァルトにしても、奥様は悪妻だったと言われてるじゃない？　私ね、子供の頃から思ってたけど、あれ、嘘なんじゃないかな。

大石　なぜ？

阿川　世間は夏目漱石の文章に惚《ほ》れて、素晴らしい、立派だと思ってるけれど、それはあくまで作品の世界ですからね。読者や評論家はどうしても漱石側に加担する。だから奥さんにちょっとでもダメなところがあると、「悪妻だ」って決めつけるけれど、実際に家庭でどれだけ家族や子供が苦労していたか、そちらの言い分は、聞いてないんだもの、わからないじゃない。きっと漱石の妻はつらかったと思いますよ。

大石　いいじゃない、その発想！　ひらめいた！　阿川さん原案でお芝居書きたい。有名作家や芸術家の妻たちが時代を超えて集まって「まったく、ひどい目に遭《あ》いましたわ。お宅は？」なんて言い合うの。

阿川　みんなで夫の悪口を言い合うお芝居？　歴代の芸術家、小説家の妻が集まって。

大石　オペラがいいかもね。妻たちの悪口、六重唱（笑）。

阿川　まあ、だからといって、父は家族や妻を大事にしなかったわけじゃないですけれどね。愛人を作ったとか、家庭を顧《かえり》みないということはなかった。ようするに末っ子の駄々《だだ》っ子だから、自分のわがままを全面的に受け入れて「しかたない」と認めてくれる人がそばにいないと生きていけなかったんですね。母はうってつけの性格だったから、ああいう妻を選んだ父は賢かった、自分をよく知っていたと思いますね。

大石　つまり火宅ができない人（笑）。

阿川　檀一雄さんのように、『火宅の人』にはなれない。

大人のおチンチンに慣れる⁉

大石　話はちょっと飛びますが、うちの父はアメリカ育ちだから裸に対する感覚が違ってました。お風呂から上がったら素っ裸で家の中をうろうろ。そこだけはなぜか私も見習っていて、当たり前だと思ってた（笑）。

阿川　家族みんな、すっぽんぽんで歩いているんですか？　年頃になっても？

大石　そうなの、ずーっと。

阿川　スースーしないんですか？　下着をつけてないで。

大石　気持ちいいわよ、素っ裸って。

阿川　それはアメリカ育ちのせいなのか？　ってことはつまり、小さいころから大人の男のおチンチンには慣れていたってことですか。
大石　慣れてました。物心ついて幼稚園に行きだして父を嫌いになるまでは、ずっと一緒にお風呂に入っていて、すごいパパっ子だったし。
阿川　えっ、パパっ子だったのに？　なんで嫌われちゃったの、パパは？
大石　父は頭の中はアメリカ人だから、こんな日本人顔の私に「クリスティーン」なんて名前をつけて、幼稚園の送迎のときに呼ぶのよ。「ハーイ、クリスティーン！」って。それが卒倒《そっとう》するほど嫌だった。
阿川　ハーイ、クリスティーン！（笑）
大石　どんなにやめてって言っても絶対に自分のやり方を曲げないの。それで一気に嫌いになった。
阿川　反米になっちゃったんだ。
大石　反父です。実際は、それで私がいじめられるとかはなくて、父は逆にみんなから「私にも名前つけて」なんて言われて、調子にのっていろんな外国の名前をつけてました。今思い出してもも頭がクラッとするほどイヤだわ。

阿川　友達に喜ばれたなら、文句ないじゃないですか。

大石　父親参観日にも絶対に来てほしくないけど、来ちゃうんですよ。電池の直列と並列のつなぎ方について理科の実験をやる日が参観日で、「お父様方も参加してください」って先生が言ったら、うちの父だけ出てきていろんなことをパパッとやって、さらに「こういうふうにやったら面白いよ」と電飾なんか作っちゃって。そのときも卒倒しそうにイヤだった。

阿川　気持ちがわからないではないけれど、ちょっとうらやましい気もする。だってウチの父、友達にも怖がられてたもの。怖くて近寄れないって。でも一番憧れたのは、朝出かけて夜帰ってくるお父さんですね。一日中家にいるのが本当に苦痛だったから。お手洗いに行くだけで抜き足差し足でしたからね。

死ぬまで〝オンナ〟

大石　そうだ。養母の思い出、ひとつ思い出した。

阿川　ほおほお。なんですか。

大石　小さいとき、美人とかブスとか、まだそれがわからないころ「静ちゃんはお父さんそっくりね。お母さんに似ればよかったのにね」って、よく言われてたのよ。どういう意味なんだろうってずっと思ってて。実母はスラッとしたきれいな人だったし、養母はとっても色っぽい人だったから、みんなにかわいそうな不細工な子と思われていたみたい（笑）。

阿川　へえー。

大石　養母は生涯独身だったでしょ。これは私の勝手な見解だけど、結婚したことがないっていうのは、男に絶望したことがないってことなのよ。宿の女将だから、いつも男の先生たちに囲まれているし、なんていうのかしら、常に目つきや仕草が艶《つや》っぽいのよ。結婚しちゃうと、何でもあり、みたいになっちゃうじゃない。

阿川　私の場合、結婚する前から、何でもありになってましたけど（笑）。

大石　とにかくね、80歳になっても、男の人を見るときはいつも上目使いで、入院してた病院でも、男の先生がみえたら必ずそのまなざしで見つめるの。

阿川　いつまでもずっと〝オンナ〟なんですね。

大石　好きだったけど添い遂げられなかった相手がいて、70歳になってもその相手からたまに電話がかかってくるのよ。私がたまたま電話を取って、「おばあちゃま、○○さんから電話よ」って言うと、手に持ってるものをハラッと落として、電話に駆けつけるの。うちの夫なんかそれを見て、「女だなあ……」ってしみじみ言ってました。最後まで、オンナだった。

阿川　それはもう、結婚してるとかしてないとか関係ないですね。持って生まれた性《さが》ですよ。

第4章　「死」と向き合う

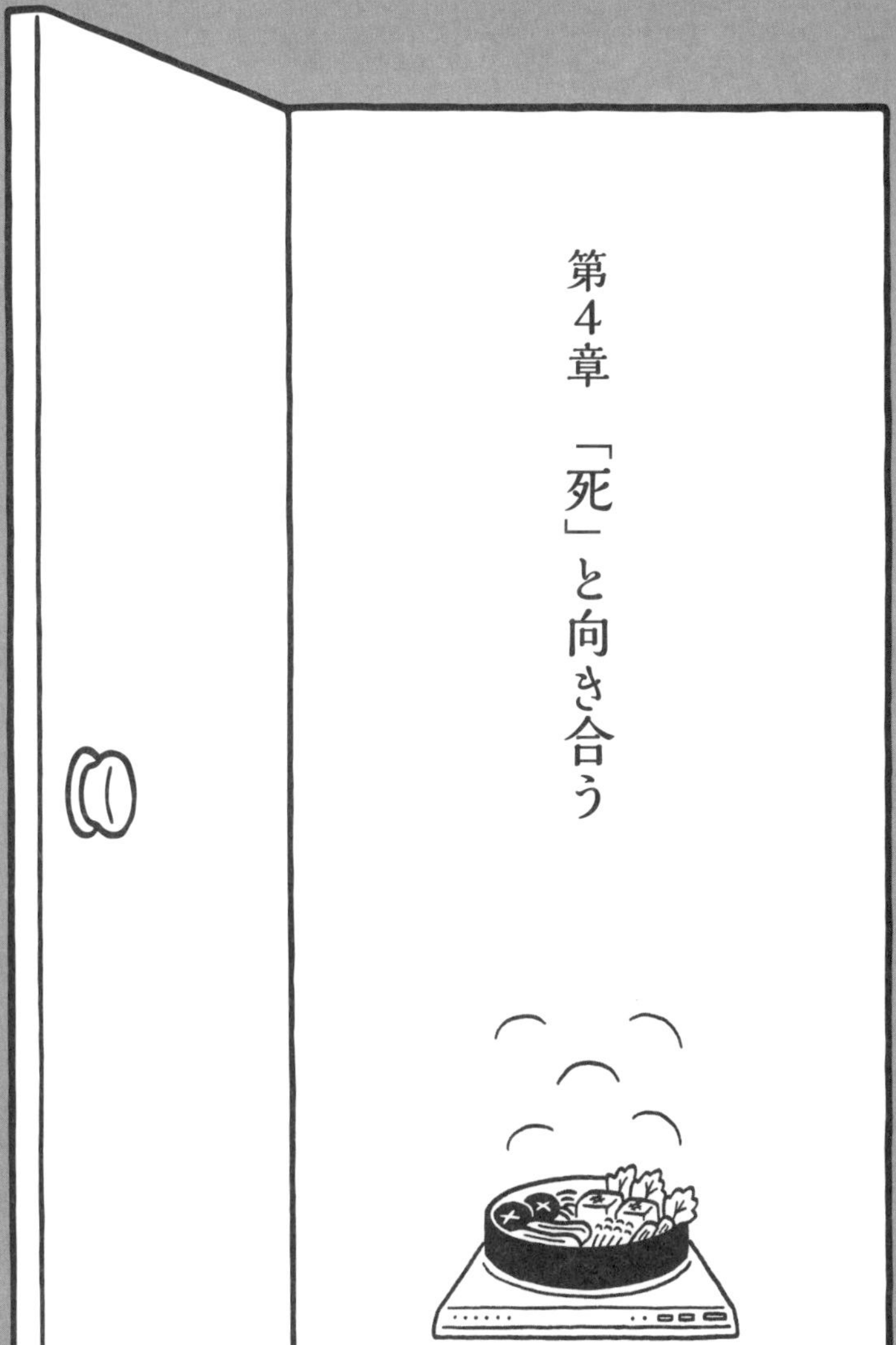

生きるとは、食べたいという欲求だ

大石　お父様がお亡くなりになって2年になりますか？

阿川　そうです。肉親の死に立ち会ったのはほとんど初めてだったものだから、息を引き取った直後はもうバッタバタでした。葬儀屋さんと「棺はどうしますか」「霊柩車は？　こちらがボルボで、そちらはキャデラックですが」「仏教、神道、キリスト教、いずれになさいますか」。イエス、ノー、イエス、うーん、ちょっと考えます……。葬儀屋さんの次はお寺さん、その次が火葬場、そのあとお香典返し問題、相続問題、四十九日法要、お別れ会、一周忌法要って、延々と続いた感じでしたね。ここに連絡しなきゃいけない、お布施って大体いくら？　あれ、やったっけ？　と朝方急に不安になって目が覚めたりしましたもん。

大石　いろいろ儀式があるから毎日追われるわよね。でも、だからこそしばらく喪失感を感じないでいられるのよ。

阿川　これは『強父論』にも書きましたが、父は昔から、「葬儀も通夜も何もするな。香典、花のたぐいは一切受け取るな。偲《しの》ぶ会なんかもやるなよ」と口酸っぱく申しておりまして。

大石　お父様らしいわね。

阿川　冗談で「死んじゃったらわかんないからお香典もらっちゃおうよ」なんて言うと、とたんに機嫌が悪くなって（笑）。だから肝に銘《めい》じていたつもりだったんです。でも、父の遺志に反するのでお香典はお受け取りできませんと頭を下げてお断りすると、他の方から郵送で届いたりして。送り返すのも角が立つから、困ったなと思いつつ収めちゃったり。結局、お別れ会もやっちゃいました、しかも会費制で。もう、誰に申し訳ないのかわかんないんだけど、泣きそうでした。父がいない寂しさのせいじゃなく、頭が混乱しすぎて。

大石　その慌ただしさが、泣く暇を与えてくれないのよ。逆にありがたいじゃない。

阿川　本当に。葬儀全般って、残された家族が気を落とさないためにあるんだなってこのたびつくづく思いました。あと、父の死に方を見ていて、「死に方もその人の生き方なんだな」と痛感しました。だって、亡くなったあとも父に振り回されている感じだったから。

大石　死ぬことを含めて人生よね。

阿川　父が約3年半お世話になった病院の会長が面白いことおっしゃったんです。「生きるとは、食べたいという欲求だ」と。たとえばイタリア人にとって、口からものが食べられなくなったら、生きている意味がないんですって。会長はそういう考え方にひどく共感なさったそうで、だからどんなに体が弱っても、おいしいものを食べたいと思っていること自体が生きている証《あかし》なんだから、できるだけ食べさせたほうがいい、と。

大石　わかります。いろいろな人の死を見てきたけれど、ものが食べられなくなったら急転直下、悪化するもの。とくに口から食べることができなくなったら、一気に。

立派な大往生

阿川　「体にいいか悪いかということは、我々医者がしっかり診て判断します。ただ一律に、お酒はダメ、ステーキはダメ、あれもこれも食べないほうがいい、なんてことは言いません。それがこの病院のコンセプトです」と。ウチの父はつくづくいい病院と出会えたなあと思っております。なにしろ亡くなる直前まで、「うまいものを食いたい」という意欲が衰えなかったですからね。食べたいものを食べて、立派な大往生だったんじゃないかと。

大石　お父様は、病院食にも満足されてたの？

阿川　そういう病院だから、病院食が本当においしいんです。つい、つまみたくなるくらい。

月に1回予約をすれば、うな重やお寿司やステーキなんかも注文できるシステムで。

大石　注文もできるの？　すごいわね。

阿川　でも、やっぱり3年半も入院していると、どんなにおいしい病院食でも飽きちゃうらしいんですね。なので、食べ物を病室に持ち込んでいいですかと先生に伺ったら、「どうぞご自由に」って。最初は、父の好物のチーズやうなぎやフカヒレなどいろいろ持ち込んでいたんですけど、そのうち「すき焼きが食べたい」と言い出した。

大石　ほんと、羨ましいくらいの食欲ね。

阿川　昔から食い意地はってましたから。それまでは一時帰宅してウチですき焼きをつくったりしてたんですけど、大腿骨を骨折して以降は、外出も困難になったので外に連れ出せない。かといってつくったすき焼きを運び込んでも、冷めておいしくないって言うだろうし。で、「そうだ、電磁調理器を持ってきて、ここですき焼きをやればいいかも」とうっかり思いついてしまったのが運の尽き。毎週のようにすき焼きを所望《しょもう》されるようになりました。

大石　温かいものは温かいうちに。阿川さんもよくなさったわね、偉いわ。おいしかったのよ、娘のすき焼きが。

阿川　それがね、いろいろ大変だったんですよ。一応、父の好みに合わせて上等の牛肉と、玉ねぎや春菊、長ねぎや椎茸《しいたけ》を持っていくと、「ごちゃごちゃ入るのは嫌だ。肉と玉ねぎと豆腐だけでいい」って。次のときに肉と玉ねぎとお豆腐だけ持っていくと「椎茸はないのか」と。

大石　贅沢《ぜいたく》ねぇ（笑）。

阿川　材料を持ち込んで電磁調理器をセットしていると「せかせか動き回るな」、逆にのんびりしていると「まだ焼けないのか」。「砂糖が足りない、味が薄い、玉ねぎがかたい」と文句は尽きず……。一応「うまいねえ」と喜んではくれるんですが、だいたい文句のほうが多かった。そしたらあるとき「お前、すき焼きというのはね……」と言い始めたんです。「すき焼きというのは、酒、砂糖、醬油を同量入れるのがうまいそうだ」って。

大石　阿川家は関西系のすき焼きなのね。甘いほう。

阿川　そう。「今まで味が今ひとつだと思っていたら、それが守られていなかったせいだとわかった。今日からはそうしてくれ」ってことらしく。どうやら自分が以前にすき焼きについて書いた本を読んで、思い出したらしい。

大石　イヤだイヤだと言いながら、よくなさったわね。何度も言うけど、よくできた娘だわ。

最後にローストビーフ

阿川　毎週、あれが食べたい、これが食いたいという父の欲求にこたえていたわけですが、亡くなる前日に食べたのはローストビーフでした。

大石　最後までお肉を食べたかったのね。

阿川　ローストビーフといっても、こんな紙みたいに薄いのをひと口ずつ、3枚ほどね。それをペロリと平らげたあと、「次はステーキが食いたいな」って言うから「よし、じゃあ、来週はステーキ肉を買ってきて、ここで焼きましょう！」って言って帰ったんですよ。そうしたら翌日、急に容態が悪化して、その夜、息を引き取りました。だから死ぬ直前まで食べる意欲満々だったんですよね。担当のお医者様には「このお年で大変ご立派です。老衰、自然死に近いですよ」と言われました。

大石　94歳……。

阿川　食い意地も、「まずい」って娘に文句言う気力も、最後までしっかりありましたからね。

大石　お父様、お幸せね。皆さまにも、何より娘さんに、こんなによくしてもらって。本当にお幸せな生涯だったと思う。

後悔しない親の送り方

阿川 父について、もっとこうしてあげたかった、という後悔がないと言えば嘘になる。

大石 身近な人の死を経験したことがある人なら、みんな同じよ、それは。

阿川 確かに、お医者様や看護師さんたちの適正な処置のおかげで、ほとんど苦しむことなく逝《い》ったのはよかったと思うけれど、本当は自宅で息を引き取りたかったんじゃないかって。「俺はここで死ぬのかね」って、わりと頻繁《ひんぱん》に呟《つぶや》いてましたから。

大石 「家に帰りたい」とはおっしゃらないのね。

阿川 本心は帰りたいんでしょうけれど、父はわがままなわりにはけっこう合理的な面もあったから、自宅での介護が難しいことは理解してたんです。無理だな、しかし、情けないねえって感じでしたね。

大石 介護やお葬式って、ちょっと失礼な言い方かもしれないけれど、死んだ人にとってはどうでもよいことで、やっぱり残された人のためにやることなんだと思う。その人の死を納得するために。

阿川 そうですね。やるだけのことはやったと、自分の気持ちの決着をつけるという意味で。

大石 私の父が死んだときも、母と12時間ずつ交代で看病したんだけど、やっぱり「すき焼きが食べたい」「マグロが食べたい」ってわがまま言って大変だった。なんだか懐かしい。

阿川 食欲ってやっぱり、生きる意欲の根源なのかもしれませんね。

大石 父が逝ったのは私が35歳のとき。悪性リンパ腫で、発見から即入院。2ヵ月で死んじゃったんです。今から約30年前だから今みたいに終末期医療が進んでいなかったし、終末ケアについてホスピスがあるわけでもなく、何が何でも患者を生かす医療だったんですよね。だけど、父はもう手術ができないから、抗ガン剤治療しかなかったの。

阿川 選択肢がない時代だったんですね。

大石 父はずっと、「人工呼吸器につながれてまで生きるのは嫌。意思も表現できないようになったら嫌だ」と言ってたの。でも結局、夜中に病院から電話がかかってきて、人工呼吸器を入れるということになったんです。今は家族の許可を得てからが当たり前らしいけれど、当時は、駆け付けたときにはすでに入れられていて……。でも、いろいろ延命措置をしても、本人は苦しいだけでしょう？　意識不明のまま1週間の命を2週間にのばしても、意味はない。担当医にそう言ったけど、そういう時代じゃなかった。

阿川　家族の意見は取り入れてもらえなかったんですか？

大石　主治医の判断が絶対な時代でしたね。でもやっぱり、どう死ぬかは重大な問題じゃない？　母と弟に相談したけれど、「お姉ちゃまに任せる」って逃げてるの。仕方がないから、私が主治医に「よりよき死も、よりよき人生のうちです。意識不明の父の意思を誰も確認することはできないけど、先生より私たち家族の方が、父の想いはわかると思う」と伝えたの。泣きそうだったけれど、努めて冷静に。

阿川　偉いなあ、お姉ちゃま！

大石　でも、「それはできない」の一点張り。医者は1分1秒たりとも長く生かすのが使命だと言い張る。納得できなくて、「私たちの判断を無視して、先生が判断するのはおかしい」って激しく反論したの。

家族の延命スイッチを切るとき

阿川　先生はなんて？

大石　実はそのとき、こう言われたらこう言い返そうって、想定問答を作って挑んだの。絶対ひるまないぞ、って。こんなに予習したのは人生で初めてってくらい準備したら、先生にも私の覚悟が伝わったのか、「わかりました」って、ついには折れてくれたのよ。

阿川　おお！

大石　「ただし、僕が人工呼吸器のスイッチを切ることはできません」と。

阿川　じゃあなに、「お嬢さん、あなたがしなさい」ってこと？

大石　そうよ。それで、やろうと思ったけれど、なかなかできない。

阿川　そりゃそうでしょう……。

大石　エイッて人工呼吸器に手を伸ばすんだけど、やっぱりダメ。それを繰り返す私の姿を見て、さすがにかわいそうだと思ったのか、「すべての延命のための装置は取り外します。その方の生命力にもよるけれど、もったとして2、3日でしょう。その場合、自分でもう尿も出せない状態になっていますから、パンパンにむくんで遺体が大変痛ましい姿になります。ですから、尿を出す薬の点滴だけはやったほうがいいと思う。それ以外はやめますか。スイッチ切るのは、さすがにあなたもつらそうだから」って言ってくれたの。「お願いします」と言ってから1日半で、スーッと、そのまま逝きました……。

戦うことをやめた顔

阿川　最期の瞬間は、そばにいらしたんですか？

大石　ええ。その日は、某作家の奥様が若い男性と出奔《しゅっぽん》したって大騒ぎで、私もスポーツ新聞を買い込んで、病室でそれを読みながら父の様子を見、また新聞を読んで、父を見て（笑）。

阿川　忙しいな。

大石　誰と誰が浮気して出てっただとかそんな下世話なことを知りたいという思いと、もう積極的な治療をやめている父の顔を見て涙する自分。人間ってムチャクチャだなって自分で思いながら。そのうち、ピピピッと音がして、父の心臓に異変が起きたんです。先生たちが飛んできて「弟さんとお母さんが来るまでもたせますか」って言うから、「そういうことはやめてくれとお願いしたのだから、もう何もしないでください」って言って、そのまんま、あっという間に息を引き取りました。逝く5分前ぐらいかな、ふっと父の顔が穏《おだ》やかになって……。

阿川　ああ、スーッと力が抜けるような……。

大石　それまでずっと戦う人の顔をしてたんだけど、穏やかな表情になった。と思ったら人工呼吸器の音が乱れ始めた。戦うことをやめたのね、最期はいい気分になってあの世へ逝ったんだなって思いました。

阿川　ふうん。

大石　それまでブーンと回っていた扇風機が、ヒュンと回転をやめて静かになるような感じ。悲しいというよりも、ただただ「ああ、人の命が終わっていくとはこういうことか」と見守る気持ちでした。

阿川　私は仕事があって最期の瞬間には間に合わなかったんです。看取った兄の話によると、痰《たん》を吸い取る機械を入れたときに「苦しい……」と言ったのが最期の言葉で、それ以外はほとんど苦しむことなく、それこそ眠っているのかと思ったら、逝っちゃったって感じだったみたいです。

大石　お幸せね。

父は「生きていたい」と思っていた？

阿川　昔から「好物のうまいメシを食って、今日の夜にクッと死ねたらどんなに楽だろう」と父に聞かされ続けていました。晩年はさらに、「ああ、死にたい。もう死にたい」ってしょっちゅう。そんな父が、亡くなる1週間くらい前にふと「もうすぐ死ぬ気がする」と言ったんです。その言い方がいつも聞いていた感じと全然違って、動物的な予感、確信みたいに感じたの。

大石　私はね、人間は自分の死を感じることができると思ってます。

阿川　そうなんでしょうか。大石さんは、お父様が亡くなったという実感は、いつごろから湧《わ》いてきました？

大石　亡くなって半年後くらいかな。それこそ阿川さんじゃないけど、喪失感を感じてる暇がないほど、手続きやら儀式やらでバタバタだったから。でもある日ふと、「私はあのとき、何がなんでも人工呼吸器のスイッチを切ろうと主治医にたてついたけれど、もしかしたら父はどんな手を使ったとしても生物として生きていたいと思っていたのかもしれない」って頭によぎったのよ。気づいたらポロポロ泣いてた。あれだけ嫌っていたのに、しばらく経つと父親の死がボディブローのようにジワジワと……。阿川さんはどう？

阿川　それがねえ。ジワジワがこないんですよ。同じことを大石さん以外にも2人くらいに言われたんだけど、なぜか、まだ。愛情が薄いのかな。最期まで父の前では緊張してましたからね。なんで60歳を超えてまだ父親に緊張するんだ？　って自分でも情けなくなるくらい。だからその緊張感がまだ抜け切れてない感じ。

大石　30年経つと、もう遠い感じよ。人はよく、死んだ人のことを忘れられないというけれど、やっぱり死んでしまったらみんな忘れると思います。親さえも遠くなる。

阿川　それは、男と女で違いがあるかもよ。だって、未亡人はみんな明るいけれど、奥様に先立たれた男性は引きずるって言うでしょ？

大石　確かに。夫が死んで元気になるのは女性だけど、男性はガクッと元気なくなるもの。

阿川　思うにあれは、「妻を失って寂しい」というよりは……。

大石　不便なのね。

阿川　そう。日常生活が成り立たなくなる。ご飯や洗濯や掃除、現実的な問題において非常に困るってことでしょう。

大石　だから、後を追って自分も死ぬか、すぐに代わりを見つけるか。逆に女性は、旦那の面倒から解放されるから元気かつキレイになるのよね。

死は人生のゴールなのか？

阿川　こんなこと言うのもナンですけど、家族をはじめ、身近な生命体が命を落とす瞬間を見届けるというのは、人間にとって大切な経験だと思うんです。生命はこうして絶えるのだと実感する感覚というのかな。

大石　それと、これに向かって生きていくんだという感覚。つまり、人間は死に向かって生きているんだってこと。

阿川　あー、私はその感じは薄いんですけどね。

大石　虚《むな》しいかもしれないけれど、だからこそやりたいことをやろうという原動力になると、私は思ってます。40代半ばで子宮筋腫の手術をしたんだけど、私が入院した日は子供がたくさん生まれた日だったのか、同じ棟の新生児室がいっぱいだったのよ。つるんとしたかわいい顔の赤ちゃんがずらっと並んで、ギャーと泣いたり、スヤスヤ眠ったりしている姿を見ていたら、涙があふれて来たの。無垢《むく》とはこういうことなのか。これから死に向かって生きていくのに、生きていくって大変なのに、と。

阿川　哲学的ですな。君たちの苦悩はこれから始まるのだよって？

大石　新生児室にはりついておばちゃんが一人で泣いてるもんだから、きっと孫の顔を見て感動しているんだと思われたんでしょうね。産んだばかりの若いお嫁さんと旦那さんに、「子供も入れて写真撮ってください」て言われたんだけど、「そこに並んでいる子供たちの人生の最後は〝死〟なのよ！」と虚しい思いでシャッターを切ったことを覚えています。

阿川　私は、大石さんのような重い病気になったこともないから無責任かもしれないですが、〝死〟が最終ゴールだと意識しながら日々を送ってはいないですね。

大石　そうなの？

阿川　昔、女優の渡辺えりさんに聞いたんですが、彼女は幼いころから「なんで私を産んだんだ」と親を叩いてたんですって。「必ず死ぬのに」って。

大石　すごくわかる！

阿川　「人間は必ず死ぬのになぜ生きていかなきゃいけないのか」とか、「生きていることは苦しい、だから赤ん坊は泣くんだ」とか言う人もいるでしょ？　でも私は、「生きてることはそんなに苦しいか？」って思ってしまう。もちろん、たまに「あ、この延長線上に死が待っているのかな」と悲観的な気持ちになることはあるけれど、総じて、人生上がったり下がったりじゃないですか。ひどい目にも遭うけれど、ささやかなことで立ち直れるし。それを繰り返しているうちに、「お、私、なんか力ついてきたかも」って秘かに喜ぶこともできる。

大石　それはそうね。でもゴールは死よ。私はそこから解放されないわ。

シクラメン的人生論

阿川　私が「人生とは死に向かって生きることである」と確信するのは、シクラメンの花を見ているときくらいかな。

大石　シクラメン？

阿川　シクラメンって、蕾《つぼみ》が出てくるときにはものすごくかわいくて小さくて、お肌ピチピチな感じでしょ？

大石　うん、小さくて愛《いと》おしい。

阿川　それが1日、2日、3日、4日って経つと、もう「私がヒロインよ！」みたいな感じで凛《りん》とした姿に育つんですよね。ところがそのピークを過ぎて数日後には、少しずつ削《そ》がれていくの。色が褪《あ》せて、茎が傾いて、花はうなだれて。少しずつね。その様子を見ながら、「ああ、シクラメンちゃん、私は今、あなたぐらいの段階?」なんて声をかけるんです。

大石　シクラメンを見て、そんなふうに思う人に初めて会ったわ。でも確かに象徴的かも。

阿川　だんだん自力で立つこともままならず、葉っぱにすがって倒れんばかりの姿になって。そして最後は、隣のイキイキとした若いシクラメンの花の間に埋もれて、シワシワになって枯れていく。その姿の切ないこと!　でも、それを見るたびに私、「人生って、こういうものだな。歳を取るというのは、こういうことなんだな」って深く納得するんです。

大石　なるほど。

阿川　シクラメンって文句も言わず、老いていくでしょ。こういうふうに朽《く》ちていきたいんです、私。余計なあがきは止めて、静かに去っていくのが格好いいなって。この世に生を受けて、最後は朽ちることに決まっている。私の見本ですよと声をかけながら、ご臨終になったシクラメンの花の茎の根元をひねって、プチッと刈り取るんです。フニョ、ドロになった茎をプチッと……。

大石　ヌルッとなる!　あの茎が。

阿川　そのヌルッとさを感じながら、こんなことになっちゃうくらいなら、まだ花が美しいうちにポキッと人生を終えたほうが幸せかなって思うこともありますけどね。だからその程度なんです、私が人生や生や死を意識するのって。死に向かって生きる我々は生きがいを持つべきだとか、何か一つ成して生きていきたいっていう、意欲とか覚悟っていうのが、あんまりなくて……。

「苦しいことのほうが多い」と確信

大石　私だってそんなたいそうな覚悟はないわよ。でも、考え方は渡辺えりさんと同じ。私は母を責めたりはしなかったけど、子供のころはずっと「なぜ私を産んだんだろう?」「生きるとはなぜこんなに苦しいんだろう」と思ってた。生きるって素敵なこともあるけど、苦しいことのほうが断然多い。そう確信していたから、自分から新しい命を作る気にはとてもならなかったの。もちろん20代でガンになったというのもあるけれど。

阿川　大石さんっていつもイキイキ溌剌《はつらつ》として見えるのに、意外だな。人生、苦しみのほうが多いんですか?

大石　多いわよ（笑）。でも、生まれてきた以上は、手応えのある人生を生きたい。だって、生きることは自分で止められないわけだから。どうせ生きるなら、ひとりでも多くの人に喜んでもらえるようなドラマをたくさん書きたい。人の役に立ったら、手応えがあるし嬉しいじゃない。

阿川　偉いんだなあ……。

悲観主義 vs. 楽観主義

大石 仏教の世界では、人生は修行だっていうじゃない。まったくそうだと思うの。シェイクスピアの「人間がオギャーと泣くのはな、この世に生まれ出たことが悲しいからさ」って台詞も大好きよ。見事な台詞だわ。

阿川 そうですか？ 私は「違うだろが」って思ってる。生まれたての赤ちゃんが泣く理由は、単に酸素をたくさん取り入れたいだけなんじゃないの？ と思ったりします……、すみません（笑）。だから、大石さんや渡辺えりさんみたいに、生や死を真剣に考えている人に会うたび、「立派だな。それに比べて私って、なーんにも考えてないな」と反省します。

大石 何言ってんですか、反省なんかしてないくせに（笑）。

阿川 生きるってことは、おいしいものを食べたとき、人を好きになったとき、その相手も自分のことを好きだと言ってくれたとき、「キスした、キスした、キスしたーっ」のときみたいに、「ああ、幸せだ」と感じる瞬間の繰り返しだと思ってる。もちろん、その間に苦しいことや辛いこともたくさんあるんだけどね。

大石　苦しいことの間に楽しいことがあると思うか、楽しいことの間に苦しいことがあると思うかの違いね。

阿川　昔、中学のときかな。試験の帰り道、「試験が終わった」という解放感の中、ガタンガタンと都電に揺られながらボーッとしていたら、車内にものすごくきれいな光が差し込んできたの。「ああ、なんて幸せな光なんだろう」って泣きそうになった。こんなささやかなことで人間は幸せになるんだなと、中学生ながらしみじみ感じた覚えがあるんです。

大石　なんて感受性の鋭いお嬢さんなんでしょう。

阿川　試験勉強とか徹夜とかで我慢したり辛かったりしたぶん、普段どうでもいいことが幸せに思える。そんなことの繰り返しなんじゃないかなって思ったわけですよ。だから、私は総合的にみて「人生は、楽しいこと、楽しいこと、ときどき苦しくて、また楽しいことがあって、また泣いて、なぐさめられて喜んで、ちょっと落ち込んで、また楽しくなって喜んで」だと思っています。

大石　私の感覚はまったく逆よ。「苦しいこと、苦しいこと、苦しいこと、苦しいこと、悲しいこと、ちょっと楽しくなって、また苦しいこと」って感じなの。

阿川　へえ、そうなんだ！
大石　似たようなことだけど、かなり違うとも言えるわね。
阿川　同じようなことでも、その受け止め方が違うということはないですか？　大石さんって、そんなに「悲観主義」でしたっけ？
大石　これって悲観主義なの？　だったら、かなりの悲観主義者よ。
阿川　じゃ、私はかなりの楽観主義者だな。もうすでにお気づきでしょうけれど（笑）。

〝長期〟悲観主義

大石　たとえば仕事をするときはいつだってすごく苦しい。でも1人で悲観的な顔をしててもまわりが迷惑だろうから、できるだけ元気にする。自分自身をクッと上げるテクニックみたいなもの持ってるのよ。だけど、うちに帰ってホッとした瞬間、悲観主義に戻ってしまうの。気持ちも見た目もだらーんってなる。
阿川　枯れたシクラメンみたいに？
大石　そう、まさにグニュっと引っこ抜かれる前のシクラメンのような……。「ただいま」って帰ったとたんに泣いちゃったりするから。
阿川　今でも？
大石　今でもずっと。
阿川　辛くて？
大石　そう、辛すぎて。
阿川　なんたる〝長期〟悲観主義！
大石　〝長期〟がついたの初めてだわ。でも、本当に長期悲観主義。総合的にみて、9割が辛くて苦しいこと、楽しいことが1割って感じ。その割合は、生まれてこの方、ずっと変わったことがないから。
阿川　私、真逆です。もちろん、悲観主義的な面もありますよ。「あぁ、なんでこんな仕事引き受けちゃったんだろう。全然書けないし、明日までにこれとこれをやらなきゃいけないのに。もう嫌だ。悲しい、辛い、苦しい」って悲観する。でも、しばらくしたら「考えてみたら、全体的に私の人生、幸せなほうだな」って思って、「よし、まずは寝ようか」って布団にもぐりこむ（笑）。だから、短期悲観主義で長期楽観主義なんです。
大石　私だって、よーく考えたら、全体的に人生は幸せなほうだなって思ってるわよ、思うけど、やっぱり実感としては「生きてることは虚しく、辛い」というほうが大きいの。

阿川　でも、基本的に私は大石さんほど苦労してないからね。

大石　お幸せでいいじゃない。

阿川　すみません。

大石　でも、お幸せでいいなと思う一方で、きっと本当のところは大変なんだろうな、って勝手に想像しちゃうの。やっぱり私、重症の長期悲観主義ね（笑）。

どんな最期が理想か？

阿川　大石さんは、どんな最期がいいですか。

大石　そうね。スーッと終わるのが楽だとは思うけれど、3ヵ月とか半年とか最期を自分で選べるんだったら、それなりに心の準備ができてうれしいかも。

阿川　自らの死に備えてきちんと準備したいタイプなんですね。大石さんらしい。

大石　家でパタッと倒れてしまえば楽だなとも思うけど。病院はお金もかかるし。

阿川　深謀遠慮《しんぼうえんりょ》な人だ。

大石　阿川さんは？

阿川　人に聞いておいてナンですが、望んだところで、どうせそうはならないんだからっていうのが本音ですね（笑）。

大石　確かにそうね。

阿川　そりゃあ、「やだ、おばあちゃん、どうしたの？」って言われたときにはすでに息を引き取ってた、っていうのが、私の一番の理想ですけれど。

大石　それ、一番理想よ、私も。

阿川　でも、そうはならないでしょ。私は、何かを選択しなきゃいけないとしたら、その選択が目の前に迫ってからやっと重い腰を上げるタイプですから。「うーん、右にする。次？　次は左で」って、その場しのぎといいますか……。まったくもって長期的な展望ができない人間なんです。だって、そのときに誰がそばにいて、誰が生き残っているかなんてわからないもの。状況は刻々と変わっていきますからねえ。

大石　私なんて、事務所の社長に「私が死んだら一切公表しないで、葬式もしないでください」って、今から厳しく言ってある。

阿川　そうもいかないでしょ、大石さんなら。

大石　でも一切公表しなかったら、「大石静って、なんかいつの間にかいなくなったな」って感じで終わりよ、人知れずスッと消えたいなと思う。

阿川　でも、父のときの教訓じゃないけれど、死んじゃったら、当人は何もわからないわけだから、せめてお葬式は、残された人たちの都合に合わせて好きなようにやってくださいって感じだな。ああ、でもあんまり派手にはやってほしくないかも。明るくパアッと飲み会にしてくれるならいいけど。

大石 結局、希望があるんじゃない（笑）。

阿川 そうですね。故人はけっこう趣味悪かったのねって思われたくないのかしらね。死んじゃったら関係ないのにね。

愛猫・オサムちゃんの死

大石 父の死の瞬間を思い出してたら、2006年にこの世を去った愛猫のことも思い出しちゃった。19歳だったの。

阿川 おお、ご長寿だったんですね。

大石 老衰だったんだけれど、6キロ近くあったのに最後は2キロくらいになっちゃって。もう手の施《ほどこ》しようがないと獣医師さんも言うから、うちでなるたけ一緒に過ごそうと思ってたのね。飛び上がれないし、トイレも行こうとするんだけど間に合わない。人間と同じように衰えていって、衰えてく自分を寂しく感じるような仕草がせつなかった。ところがね、最期の日、パンッて私のベッドに飛び上がってきたの、もう絶対にその高さは飛び上がれなかったのに。

ああ、ここで死ぬ気なんだなと思って。

阿川　最後の力を振り絞《しぼ》って……。

大石　その日、ちょうど私が脚本を書いた大河ドラマをやっていて、「本能寺の変」の回だったんです。愛猫はオサムっていうんだけど、「オサムちゃん、一緒に本能寺の変を観ようね、今晩」と話しかけながら、ベッドの上に失禁してもいいようにおむつシーツを敷いて、そこに一日ずーっと一緒に寝てたの。水もほとんど飲めないし、もちろん食べられない。でも、一緒にその大河ドラマを観ることができたの。ドラマが終わってしばらくして、意識がもうろうとし始めて、でも時折、私の手をピッと触ったりするわけ。それで、ついに最後、ピピピッて10秒ぐらい痙攣《けいれん》して、クッと死んだの。

阿川　いやーん。

大石　その日、「怖くないわよ。オサムちゃん、大丈夫、大丈夫、そばにいるから」って、一日中話しかけて……。そしてオサムちゃんは、私の腕の中で死んでいったの。

阿川　最後の瞬間まで大石さんに抱かれて……。

大石　で、しみじみ思ったの、「私が死ぬとき、誰がこんなことしてくれる?」って。切実に!

阿川　ダーリンがいるじゃない。

大石　夫は私より8歳も年上だから、先に逝くと思うけど。夫ったら、オサムちゃんが死んだとき、寝ているのを起こして、「お父さん、オサムちゃん死んだわよ」って言ったら、オイオイ泣いちゃって。グーグー寝てたのに。

阿川　大石さんは？

大石　私？　そのときは涙も出なかった。やるだけやったっていう気持ちでいっぱいで。その瞬間「私が死ぬときは誰もこんな風にはしてくれないに違いない」って確信したのよ。

阿川　完璧に悲観主義者だな（笑）。

第5章

占い、下着、美容、ファッション

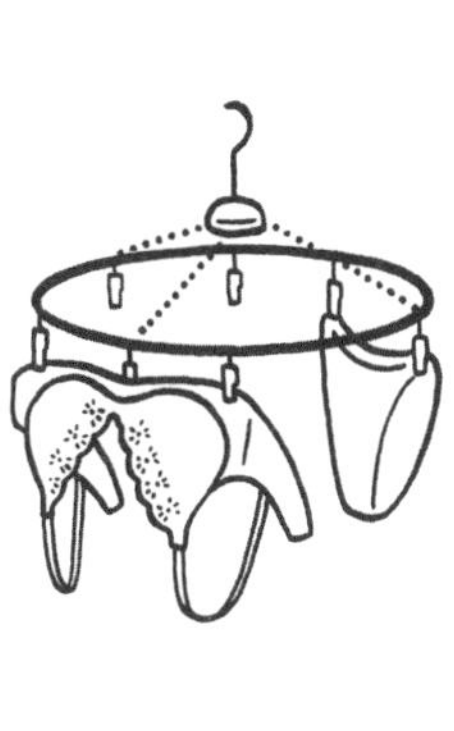

「男が次々に現れる」と占いに出たら？

阿川　大石さんって、ジンクスとか気にするタイプ？
大石　ラッキーカラーは気になる。今日は全部ピンク。ブラウスもハンカチも傘もバッグも。
阿川　ほんとだ。
大石　実はブラジャーもパンティもよ。ピンクもいろいろあるけれど、サーモンピンク。今日のラッキーカラーはサーモンピンクだから。
阿川　ただのピンクじゃないのね。細かいな（笑）。
大石　今日は特別。ラッキーカラーは大事にした方がいいと言われて、しばらくやってたんだけどやめちゃった。その日着たいと思う色もあるし、最近は、あまり厳密にはやらないわ。テキトー。
阿川　占い、あんまり信じないからなぁ、私。と言って、結婚の日どりは中園さんの占いに従いましたけど。

大石　人ってつい好きな色ばかり着ちゃうじゃない？　私はネイビーが好きだから、つい全身ネイビーばかり選んでしまう。そうすると人の印象って固まってしまうから、もっといろいろなイメージを与えた方がいいという意味があるのかも。ラッキーカラーを気にするようになって以来、今まで着ない色を選んだりするようになった利点はあるな。

阿川　確かにそれはありますな。どうしても着心地のいいものとか好きな服や色に偏ってしまう傾向があるから。

大石　阿川さんはまったく占いを信じないの？

阿川　全然ではないけれど。一時期ハマっていたのは、東京新聞の占い。昔、シャンソン歌手の石井好子さんが「東京新聞で何より熱心に読むのは、あの占いなの」とおっしゃって。その言葉が頭に残っていたから、東京新聞を取っていた時期は毎朝最初に占いを見てました。「大事を望んで小事に目を向けないと事ありき」みたいに、おみくじのような文体なんだけど、なかなか深いんですよ。今はもう新聞変えちゃったんでチェックしてないんですけど。大石さんは、占いをどこまで信じるんですか？

大石　気にはするけれど、最終的に決めるのは自分よ。占いでどんなに悪いって言われようと、自分のやりたいようにやる時はやるもの。

阿川　左右されることはないですか。

大石　「いいよ」って言われるとうれしいし、背中押されるじゃない？　逆に「ダメ」って言われても、いっちゃうときはいっちゃうわ、仕事も男も。ただ、私、縁あって算命学を7、8年学んでいるんだけど、算命学でいう「天中殺」って、結婚や起業みたいに、堅実なものを積み重ねていくようなことには向かない時期だと言われているの。でも、芸能界のような虚ろな仕事をしている人間にとっては、必ずしもダメってわけじゃないのよ。

阿川　虚ろな仕事……。

大石　芸能界なんて、あってもなくてもいいような。そもそも虚ろなものじゃない？　そういう世界では、天中殺みたいに虚ろな時期がよかったりするわけ。朝ドラ『ふたりっ子』のヒットも天中殺の真っ最中だったし、『セカンドバージン』もそう。

阿川　じゃ、『聞く力』がヒットした年は、私、天中殺だったのかしら。

大石　あとで調べてみるわ。

よく当たる占い師

阿川　よく〝見える人〟っていますよね。それは信じます？

大石　実は40代で、弟の借金2億4000万円を背負ったの。

阿川　に、2億？　すごすぎる……。

大石　そのとき友達に「台湾にものすごい占い師がいる。悪いこととやっちゃいけないことだけを言うから、今後あなたが立ち直るためにも絶対会ったほうがいい」と言われて、台湾に行ったの。

阿川　どんな占い師だったんですか？

大石　当時80歳くらいの、盲目の台湾人のおじいさん。日本に占領されてた時代に日本語を習っていたから、カタコトの日本語をしゃべるの。手相を見るんだけど、目が見えないから手をちょちょっと触るだけ。それでね、なんと私の友達の夫が死ぬ日を当てたのよ。

阿川　マジですか？　偶然じゃなくて？

大石　「何月何日の何時から何時は、絶対に家を空けてはいけない。悪いことが起きるから、何があっても必ず家にいなさい」と言われた友達は、その人に見てもらうのが初めてだったから、いくら当たるといっても半信半疑なわけ。言われた日はずいぶん先だったし、すっかり忘れて遊びに行ったの。で、帰ってきたら、玄関で夫が倒れていて、亡くなってたんですって。

それが、まさに占い師が「絶対家を空けるな」と言った日と時間帯で。

阿川　やだ。お告げに従っておけばよかった。

大石　ほかにも、同じように「家を空けるな」と言われた人がいて、やっぱり忘れてその日時に出かけちゃって、戻ってきたら信じていた人に大金を持ち逃げされたって。とにかく、それくらい当たる占い師だったのよ。

阿川　ちょっと怖いな……。

大石　初めてその人に会ったとき、手を触る前に突然「あなたの夫は肺の病気」って言われたの。それが4月で、ちょうど3月の人間ドックで夫は異常なしだったから、どうなのかなぁと内心疑ってたわけ。そしたらその年の11月、夫が突然、肺炎になって入院して、原因がわからなくていろいろ遡《さかのぼ》って調べてみたら、3月の人間ドックで、肺に見落としてた小さな影があったことがわかったんです。もう、びっくりしちゃって。ほかにも「何月何日の結婚式には出ちゃいけない」って言われたんだけど、ピンポイントでその日に結婚式なんてあるわけないと思ってたら、まさにその日の招待状が届いて。

阿川　欠席したんですか、その結婚式？

大石　行かなかった。

阿川　行ったら、なにが起こってたんだろう。
大石　行ったとしたらどうなったか、結果はわからない。

借金完済の日が当たった

阿川　それで、借金問題はどうなったんですか？
大石　「肩代わりした借金は必ず返せる。何年のいついつに完済する」とも言われていて、最後のお金を振り込んだ日が、なんとその日でした。
阿川　ひえええええ。
大石　とにかくあんまりにもすごいから、いろいろな人に教えてあげたの。
阿川　うーん。会いたいような、会いたくないような。
大石　でもその方、4、5年前に亡くなってしまったんだけど。
阿川　あらま。残念なような、残念でないような。
大石　先生と最後に会ったとき「あなたの夫の命は間もなく終わるけど嘆くことはない。男は次々と出てくるから」と言われて、思わず「ステキッ！」て言っちゃった（笑）。

阿川　もしもし（笑）。

大石　「夫の死を寂しがることはない。次々現れる男とまた結婚してもいいし、しなくてもいい」って。だから、「もう二度と結婚したくないし、誰の妻にもなりたくない。自由でいたいから。でも、どんな男が出てくるんですか？　それはもう知ってる人ですか？　本当にちゃんと次々出てきますか？」って質問攻めにしたら、黙っちゃった。答えたくないときは黙り込むのよねぇ。それが最後でした。夫まだ生きてるし……。

結局、誰も現れず……

阿川　その先生は、ご自身の死は占えなかったんですかね？

大石　知ってたかもしれない。「次の予約の日をもう少し早められないか」って連絡があったから。結局、間に合わなかったけれど。「先生は自分の未来はわかるんですか」ってしつこく聞いたことがあったけれど、絶対答えませんでした。

阿川　しかし、自分の未来を知ってしまうのは、どうなんだろうねえ。

大石　面白いのが、その先生、悪いことはピタッと当たるのに、いいことは全然当たらなかったの。何月何日に何億のお金が入ってくるとか、「来月の〇日から〇日の間に、あなたのことを好きだと言う男が現れるけれど、その男はあなたに悪い運をもたらすから絶対に誘いに乗るな」とか。ヤダ、そんな男が出てきてもタイプだったら誘いに乗っちゃうかもしれない、でもそれだと先生の言いつけを初めて破ることになっちゃう。どうしようって、ひとりで悶々《もんもん》と悩んでたけど、結局誰も出てこなかった。

阿川　その時期は、誰を見ても「この男か?」っていう目で見ちゃいそう。

大石　そうだった。

阿川　なんだかんだ言って、占い、相当に信じてるってことですね（笑）。

習い事は「何かを忘れるために」

阿川　占いのほかにも何か凝《こ》ってるものはあるんですか？

大石　凝ってるというほどではないけど、スイミングスクールに週に一度、通ってます。最初はバタ足しかできなかったのに、２年くらいしたら、クロールや背泳ぎ、平泳ぎにバタフライもできるようになったの、何とか……。

阿川　バタフライまでやってるの？　吉永小百合なみだな。

大石　場所はうちから遠いんだけど、今も続いてる。

阿川　エライ！　私は定期的にどこかに通って何かを習うってことは、生涯無理だと思ってるんです。必ず突発事件が起こって休んで、結局、足が遠のいてしまうから。原稿が書けないとか急なインタビューの仕事が入るとかね。定期的な人生は送れないタチみたい。

大石　でも水の中ってね、視聴率が悪いとか、仕事がなくなったらどうしようとか、全部忘れられるのよ。普段はどんなに集中していても、不安とか不満とか、頭の片隅にちらついたりするじゃない？　それが泳いでいるときだけは何にもないの。いいことも悪いことも全部忘れてます。無になるっていうの？

阿川　別世界に入るって感じ？

大石　そうね。だから、健康のために泳いでるわけじゃないの。忘れるために泳いでるの。

阿川　私もここ10年以上、ゴルフにハマっていますが、プレー中は、「来週締め切りの原稿どうしようかな」って考えることは、ほとんどないかな。とりあえずこの18ホールはゴルフを楽しもうって決めちゃいますからね。でも、それだけ好きでもゴルフスクールに定期的に通うっていうのは、できないんだな。

大石　阿川さんは習い事とか、続かないタイプ？

阿川　子供時代はさておき、続いたためしがない（笑）。加圧トレーニングも頓挫《とんざ》してるし、フラメンコを習ったことがあって、よし、これは楽しいから生涯続けようと思ったけど、数ヵ月で挫折。エステの回数券もずいぶん無駄にしましたね。予約を入れていても、仕事が切羽詰まってきたら、エステどころじゃないって心持ちになる。心の余裕がないんですかね。

大石　心の余裕はないわよ、私も。

阿川　たとえば、「昨日徹夜したから今日はスイミングの日だけど行きたくない」とか、そういうことないんですか？

大石　それは休んじゃいますよ。

阿川　あ、休むことは休むんだ。休み癖つきません？

大石　うーん、でもまた、何かを忘れたいから行くって感じかな。

髪は自分でカット

阿川　とうとう私、美容院に行くのもやめましたからね。

大石　ええっ？　じゃあその髪、自分でカットしてるの？

阿川　基本的に自分でカットしてます。もう5年くらいになるかな。間に、2回だけパーマかけに行ったけど。普段は自分で頻繁《ひんぱん》にカットして、白髪も市販のヘアカラーで染められることがわかったし。

大石　カラーリングまで？　でも、後ろとか見えないのにどうやって自分で切ってるの？

阿川　ご説明させていただきます（笑）。バスルームの洗面台の上に、ちょうどシンクに重なるくらいの大きさの段ボールを乗せまして、その上に切った髪の毛が落ちるようにしておくんですね。で、上半身裸、全裸でもいいんですけども、鏡の前に立って、ときどき合わせ鏡にして後ろをチェックしながら、こう……。最初は鼻毛切りで切ってました。

大石　鼻毛切り？　あの、ちっちゃいハサミ？

阿川　そう。先が丸くて安全だから。だんだんと熟練してきた今は、ベルリンで買った先の尖《とが》ったヘアカット専用のハサミを使ってます。ハサミを縦にして、「重いな」「長いな」と思った部分を梳《す》くようにして切っていけば、まあそこそこかたちになりますよ。

大石　確かに美容師さんは、そうやって縦に梳いてるわね。でもすごく上手！　キレイに段が入ってる。

阿川　コツはね、顔のまわり、額縁にあたるあたりは、あまりいじりすぎない、切りすぎない。左右の長さがそろわなくても、たいしたことないですよ。失敗したと思ったら、「ま、いっか。また髪が伸びたときに修正しよう」くらいな気持ちで。髪はすぐ伸びるしね。

大石　月イチくらいで切ってるの？

阿川　いや、もっと頻繁かな。むしゃくしゃしたときに。だから、原稿ばっかり書いている時期は、下手すると5日に1回、切ってたりする。「うーん、書けない。髪切ろう」って（笑）。

大石　いいわね。美容院、行きたいときに予約が取れなかったりするから。

阿川　前は美容院でいろいろやってもらってる間に、原稿のゲラを直そうとか、資料の本を読もうとかできたんです。でも老眼になると、メガネかけなきゃいけないでしょ。

大石　そうそう。カラーリングしてたりすると、メガネをかけられないのよ。

阿川　メガネをかけないと雑誌も読めないから何もできなくて。この大事な3時間をどうしてくれよう、と。

大石　わかるわぁ。でも、美容院でゲラ読むと集中できるんだけどね。

阿川　充実した3時間になるはずが、何もできないのって悔しいじゃないですか。だから自分で髪を切るってのは、経済効果というよりも、労力と時間をロスしない効果がある。それと、憂《う》さ晴らし。ショートカットなら微調整できるし。楽しいよぉ。オススメ！

大石　私、3週間に1回くらい美容院に行ってるの。ショートカットって、3週間ぐらい経つと扱いにくいなあって感じになるから。

阿川　じゃ、切ってあげようか。

大石　え〜！　裸になんなきゃいけないんでしょ？（笑）

いつ〝誘われて〟も大丈夫な下着選び

阿川　ラッキーカラーの下着を身につけてるってことは、それだけ、各色持ってなきゃいけないんでしょう？　黒とか、紫とか、それこそド派手なピンクとかも。

大石　紫やグリーン、ピンク、ブルーとか見たこともないような色のブラジャーがいっぱいある。ピンクっていっても、ベビーピンクやサーモンピンク、パッションピンクとかいろいろあるし、ブルーもターコイズや水色、紺色、藍《あい》色とかあります。

阿川　そんなに⁉　下着売り場みたいなことになってんのね、大石さんのクローゼット。

大石　微妙な色合いのものはなかなか日本のメーカーになくて、外国のものが多いかな。

阿川　まぁ奥さん、お高いでしょうに。

大石　高い。でも、見かけたときに「この色がない」と思ったら買っちゃう。引っ越しのとき、全部荷造りしてくれるらくらくパックを頼んだけど、さすがに下着の引き出しはあんまりにもすごいから、自分でやりました。

阿川　私はベージュと白しか持ってない。
大石　え？　それだけ？　ピンクも持ってないの？
阿川　買ったこともない。
大石　阿川さんの下着は白とベージュのみ、か。これでエッセイが1本できそうよ。
阿川　あ、思い出した。黒はあった、黒。
大石　黒いセーターとか着たとき、透けちゃうものね。
阿川　そうそう、黒いのは持ってないとなにかと不便だし。でも、ゴルフ場でお風呂に行くでしょ？　そうすると、プレイ中は「ナイスショット！」なんて可愛らしく言ってた、いかにも清楚《せいそ》な人が、脱いだとたんに上下紫の下着だったりすると、「ウォー！」って思いますよね。この人は今日、何を目指してるんだろうと。
大石　私も、スイミングスクールの日のラッキーカラーが紫だったりすると、ちょっと困った。しょうがないからその日は普通に白やベージュにしてたかな。
阿川　あ、一応、更衣室での視線は気にするんですね？
大石　だって、紫の下着ってやっぱりなんか違う哲学が出ちゃうじゃない？
阿川　いろいろご予定があるのかしら、今夜……とかね。

大石　まあ、ガバッとはその人の方を見ないけど、あれこれ想像しちゃうのは確か。

下着は上下で色を揃える

阿川　恋多き大石さんとしてはやっぱり紫色が多かったり……。
大石　やめて、多くないわよ、ぜんぜん。
阿川　失礼しました（笑）。では、〝ときに恋に溺《おぼ》れる〟大石さんは、やっぱり勝負下着みたいなのはあるわけですか。
大石　勝負下着はない。だって下着はいつもちゃんとしてるもの。
阿川　ちゃんとって？
大石　突然見られても、上下バラバラってことがないように常にセッティングしてる。揃《そろ》っているとやっぱりきれいよ。気持ちもシャンとするし。
阿川　上がベージュで下が白ってことはないんですか？　ひー、私は常に揃っておらんぞ。
大石　だって、急に倒れて病院に連れていかれて、着替えなんてさせられたりしたら……。
阿川　確かに途中で倒れたらやばいかな。でも、下着の色や柄が上下揃ってないと、男性は

「もう幻滅」ってことになるのかしら。

大石　男の人は、実はあんまり見ないと思う、そういうの。

阿川　電気消すしね。

大石　電気はついててもいいんだけど（笑）、「おお、色が違う」「あ、バラバラだ」ってことに、そんなにガッカリしないと思うの。

阿川　そうなんですか？　そういう現場にいたことがあるんですね？

大石　いたことはないけど、20代のころかな。友達が夜、好きな人に激しく誘われたんだけど、その日のパンツのゴムがピロッて出ていることが気になって、断っちゃったの。ほら、こう折り返した部分にゴムが入ってるようなパンツだった時代ね。私は「パンツのゴムが出てたっていいじゃない。かえって可愛いって思うわよ」と言ったけど。だって、そんなにじーっと見ないと思うし、男の人。

阿川　それよりも、カカトがすごいガサガサなときに、夜、男の人に誘われて、アーッてくんずほぐれつになったとして、カカトがガサ、ガサって触れたら「ちょっと幻滅されるかも」って不安だったりしますけどね。でも、そういうときに「そこが君らしくて可愛いね」なんて言われてごらんなさいませ。もう愛はひとしおになるだろうなあ、とも思うね。

大石　女のガサガサのカカトを「愛《いと》しいな」って思わないような男じゃ、しょうがないと思うわ。

ブラジャーの洗濯は1週間に1度でいい

阿川　しかし、カカトって冬場はあっと言う間にガサつかないですか？

大石　ガサつく。夏もガサつく。あらやだ、今もストッキングが伝線しかかってる！

阿川　え、ストッキング穿《は》いてたんですか？

大石　フフフ。素肌に見えるでしょう。このストッキング優秀なの。どれだけ女優さんに教えてあげたかわからないわ。ランバンのボレーヌって色。

阿川　へえ、本当に素足だと思ってた。

大石　ストッキングが伝線してることほど悲しいことはないので、穿いてる日は必ず、取り替え用を持ち歩いてます。後で取り替えてくるわね。

阿川　なんてオンナ度が高いの。エライ。私なんてブラジャーの洗濯もあまりしないのに。

大石　知ってる。阿川さんのエッセイで読んだことある。

阿川　なぜ洗わないかっていうと、私は基本的に、家に帰ったとたんにブラジャーを取るんです。だから、そんなに汚れてないでしょって思ってるの。夏は別ですよ。でも……。
大石　私もそうよ。冬だったら1週間くらい洗わない。
阿川　でしょ、汗かかないもん。もちろん、夏場にものすごい汗をかいたときは手で洗ったりしてます。
大石　洗いすぎると型崩れしちゃうからね、ブラは。
阿川　でも、上下揃えてつけるとなると、ブラとパンティの洗濯の頻度《ひんど》が違ったら困りません？　サイクルずれるとそろわないじゃない。
大石　だから、ブラ1つにつき、パンティを2つ買っておかないとダメなのよ。それで、昨日つけたブラも、洗濯上がりのブラと同じ引き出しに入れておいて、1週間くらい経ってるなって思ったら洗う。
阿川　ホントに下着御殿ですね。そもそも、ブラジャーとおそろいのデザインのパンティってことは、レースがついていたりするでしょう？　同じ生地だったり、すごくオシャレなデザインだったり。私、あれがダメなんですよ。要するに私、スーパーで売っているような、綿の普通のパンティが好きなんです。ゴムがキツすぎず、ゆったりとした。そうか、私が下着を上下セットで買わない理由が今、わかった。

大石　私もお尻が全部すっぽり包まれるパンティじゃないとイヤだけどね。

Ｔバックってあり？

阿川　Ｔバックっていうの穿いたことありますか。

大石　Ｔバックはダメ。

阿川　冗談じゃないですよね。どうしてあんなものが平気で穿けるのか！

大石　でも、あれしか穿かない人もいるっていうじゃない。タイトスカートとかパンツとか、パンティのラインが出るのが気になるんでしょ。

阿川　夏にゴルフに行ったとき、若くてすごくスタイルがいい女性がいて、汗をかくと明らかにＴバックだってわかるんです。お尻に汗をかいているから、歩くたびにピタッ、ピタッって生のお尻とショートスカートがくっつくの。これはおじさん刺激しすぎだろうって思いながら、思わず見入ってしまって。だっていいかたちのお尻なんだもん。

大石　お尻に食い込むのがイヤよね。落ち着かない。お腹が出てくるとビキニのパンティも厳しいな。若いときは平気だったけど。

阿川　冷える感じもする。特に更年期になってから、場所によって温度差を激しく感じるし。

大石　足や首の後ろはポッポとして熱いけど、お腹は冷え冷えというのは私も感じる。おへそのあたりとか特に。だから寝るときはハラマキをしてるの。パンティは穿かないけど。

阿川　はっ？　ノーパン腹巻きスタイル？　スースーしない？

大石　スースーしてないと逆にイヤ。家に帰ったらブラジャーと一緒にパンティも脱いじゃうから。家にいるときは下着なしスタイルよ。

阿川　そういえば一時期、スッポンポンで寝たほうが風邪ひかないって聞いて試したけど、落ち着かないし寒いし、却《かえ》って風邪ひきそうな気がして、即やめました。

大石　私は基本、裸の上にネグリジェをペロって1枚着て寝てる。それと腹巻き。

阿川　へえー。私なんて、たとえばコトを終えた後とか、なるべく早く着たいですけどね。

大石　裸で戯《じゃ》れたりしないんですか。

阿川　そういうこともあったかな。うーん、忘れた（笑）。

大石　家で仕事をするときは、素《す》っ裸《ぱだか》の上に何かペロンと1枚着ています。

阿川　アッパッパーみたいな、ネグリジェみたいな、部屋着ってことですか？

大石　そう。でもね、向田邦子さんは、打ち合わせとか人と会うときが勝負どきではなく、ひとりでデスクに座って原稿を書いているときこそが勝負どきだから、一番いい服を着て書いていたんですって。

阿川　家で、一番高価な服を？

大石　高価というか、オシャレして書くのよ。「私が一番素敵に見えるもの」を着て。

阿川　やだ、落ち着かないよ。

大石　すごいでしょう？　私も50代の初めくらいまでは、素っ裸の上にシルクのネグリジェみたいな服を着て書くのが自分にはいいと思ってたの。でも最近は、向田さん風に「これが私に一番似合う」と思えるものをあえて着て、さらにヘミングウェイのように立って脚本を書いてます。

阿川　え、立って書いてるんですか？　なんで？　疲れない？

大石　立っているほうが案外集中できるし、眠くならないわよ。この前、電動で高さが上下するデスク買ったの。高かったけど。

立って仕事する

阿川　全体的に睡眠不足なんですよ、大石さんは。

大石　でも、立って書くほうが断然、仕事の進みも速いのよ。特に物語をゼロからつくるときや、一番最初のセリフを出すときは立ってるほうがいいと思う。腰もラクだし、姿勢もよくなる。おすすめよ。

阿川　私がやったら、立ってるって気づいてもらえなかったりして（笑）。

大石　ちなみに、立って仕事をするときは、血栓予防の靴下を穿いています。

阿川　脚に圧力をかけてむくみをとる、タイツみたいな長い靴下ですか。

大石　そう。飛行機や新幹線でも必ず穿くんだけど、すごく肌触りが悪くない？　長時間穿くものだから、もうちょっと穿き心地のよいものを考えてほしいな。

阿川　確かに厚手でザラザラしてますよね。ランバンに開発を頼みましょうか（笑）。

失敗しない服装計画

大石　これ、女性にはよくあることだと思うけど、出かける直前になって、洋服のコーディネートに迷いが出て、ものすごく混乱するときってない？　私、たまにあるんだけど、うちの夫が「何時間やってんの、ファッションショー？」って呆れてる。

阿川　大石さんもあるの？　あー、よかった。大石さんは、下着は上下きちんと揃えてるし、ストッキングの取り替え用も必ず持ち歩いているし、身だしなみに落ち度がないようにお見受けしてたから。大体、オンナって、服装計画を間違えたときと髪のセットがうまくいかないときが、不機嫌になる理由の第3位、4位ぐらいに入りそうな気がします。

大石　不幸な気持ちになるわね。服に関しては、延々と決まらないときもあるし、パッパッと決まるときもあるし、選ぶ時間すらないときもある。

阿川　前の日からこれ着ていこうと決めて用意しておいて、当日それを着てお化粧もして、さて靴を履《は》こうと思ったら、その服装に合うのがヒールの高い靴だと気づき、でも今日は腰が痛いからローヒールの靴しか履けない。じゃあこの服に合わないってことになって、一から着替えたり。着替えたら着替えたで、アシスタントに「うーん」なんて首かしげられたりすると、また全取っ替えしたりして。

大石　出かける直前に「その服はどうかな」なんて夫が言った日にゃ、「じゃここで脱ぐ！もう二度と着ない！」と険悪になったり。阿川さんの旦那さんはどう？

阿川　先日、チェックのパンツで出かけようとしたら「草刈りにでも行くのかい？　レストランに行くんだけども」って言われました（笑）。

大石　なぜ世の夫は出かける直前に言うのかしら。でもね、前の晩に決めた服は、朝、気分が変わっちゃうから大体ダメよ。

阿川　えっ、私、前の晩にコーディネートして掛けとくことが多いんですけど。朝、あわてないようにと思って。

大石　私もそうするけど、次の朝に気分が違うときが半分以上だな。

阿川　私はぜったいにスタイリストにはなれないって思う。服とアクセサリーと靴のことを総合的に考える頭がない！　面倒だから昨日と同じ服ってことも結構あるし。会う人も違うし、仕事も違うからいいやって。気に入るとしばらく同じ服を着るから、「週刊文春」の対談で2

週連続同じ服だったこともありました。

大石　私もそうよ。昔、ネットに書かれたことがあるの。ちょっと前までフジテレビで番組審議委員をやってたんだけど、あれってテレビで中継するのよね。みんなスーツだし私もきちんとしなきゃと思うんだけど、あんまりカチッとした洋服もってなくて。まあいいかって同じ服着ていったら「大石静は三ヵ月も同じ服を着ている」って。早朝の放送なのに、よく見てるなあって。

阿川　ほんと、よく見てますよねぇ。『聞く力』でも書いたけど、美輪明宏さんとの対談のとき、私は黒いジャケットに黒いパンツ、中に白いTシャツを着てたんですね。暑かったからジャケットを脱いでインタビューしてたら「まあ、あなたったら、昔の体操の教師じゃあるまいし、もう少し着るものを考えたらどうなの?」って呆れられたことがあって。

大石　体操の教師（笑）。

服にも裏方の美学

阿川　要するに昔は、インタビュアーってものは自分が目立ってはいけない黒子的な存在だから、モノトーン系のパンツスーツばかり着てたんですよ。そのほうが選ばなくていいから楽だっていうのもあって。でも、40歳を過ぎたころ、スタイリストさんに「こういうものも阿川さんに似合いますよ」って言われて、思ってもいなかったようなスタイルの洋服にチャレンジするようになったら、楽しくなっちゃって。今はわりに、対談の相手がどういう格好をしてくるか、どういうキャラなのかを一応考えつつも、黒子的な服からは脱却しました。

大石　テレビ番組の『サワコの朝』のお洋服は毎回ステキよ。色もきれい。特に華やかな色が似合ってる。だからってゲストを凌駕《りょうが》するような派手さという感じは全然なくて。

阿川　それもそのスタイリストさんが担当なんです。面白い格好させるんですよ。

大石　脚本家って、裏方じゃない？　私もドラマの制作発表とかで記者会見に出なきゃいけないときは、絶対役者さんより派手にならないようにしてます。自分で言うのも何だけど、裏方の美学っていうのかな。

阿川　今日、話していてつくづく思ったけれど、大石さんって、ほんとにいろんなことに敏感で、好奇心が旺盛ですよね。実践力もあるし。それに比べて私は、ちょこまかと動きは激しいわりに、あるがままと言いますか、なんと鈍感《どんかん》に生きていることかと反省しきりです。

大石　そんなことないわよ。髪の毛を自分で切ってる方がすごいわよ。しかも裸で。感動した！

第6章　「更年期」とのつきあい方

更年期は始まりも終わりもややこしい

阿川　女性にとって、特に40代、50代には、けっこう重い問題のひとつが更年期障害ですが、大石さんはどうでした？　今もまだ続いていますか？

大石　私、40代半ばぐらいからずっと女性ホルモン補充療法をしてるの。

阿川　そんなに早くから？　どうしてホルモン療法を始めたんですか？

大石　そのころ、なんだかよくわからないめまいがして、いつもないようなふわふわ感があるなって思ってたの。そしたら知り合いの編集者が「私、更年期の本をつくったんです」ってくれた本を読んでみたら、全部見事に当てはまってた。ああこれが更年期障害なのかと。

阿川　まず、めまいから始まったんですか？

大石　めまいが一番ひどかった。あとは、やる気が出ない。気分の浮き沈みが激しい。急に鬱《うつ》っぽくなったり、ものすごくハイになったり。それで血液検査をしたのよ。

阿川　血液検査でホルモンの状態がわかるんですか？

大石　そうよ、知らなかった？　結果、「閉経後の方くらい、女性ホルモン量が落ちてます」って言われて。

阿川　え？　でもまだ、月の訪れは……？

大石　先生に「生理はきちんときてるんですけど」って言ったら、「それは無排卵月経です」って言われて、はら〜ってなった。それで「これだけ女性ホルモン量が落ちてるんだったら」と、女性ホルモンを補充することを提案されたの。今でこそ、貼ったり塗《ぬ》ったりする薬があるけれど、20年くらい前は飲む薬しかなかったのね。で、飲んでみたら、ピッと治ったの！　あらゆる鬱陶《うっとう》しい感じがすべてなくなっちゃって、もうビックリ。

阿川　うー、果敢な方ですなあ。不安はありませんでした？

大石　乳ガンや子宮ガンになるリスクが高いとか血栓症になりやすいとか、いろいろ問題はあったわよ。でも「もうどうなってもいい。今、心地よいほうがいい」と思って腹をくったの。それからずっと飲んでます。年齢に応じて量は少なくしてるけど。

阿川　じゃあ、早期対応のおかげで、その後は更年期症状に苦しむこともなく？

大石　そうだったんだけど、女性ホルモン補充の薬を飲み始めてちょうど10年経った55歳のとき、血栓症になっちゃったのよ。血管外科の先生には、女性ホルモン補充療法のせいじゃないかって言われて、仕方なく一時的に薬をやめたの。そしたら……。

阿川　来ましたか……。

大石　うん。ホットフラッシュが一気に。私、ずっと女性ホルモン剤で抑えてたじゃない？徐々にやめればよかったんだけど、突然やめたもんだから、もうひどくって。仕事には全然集中できないし、外で打ち合わせをしていても、みんながダウンジャケットを着てるくらい寒いのに、私ひとりが汗びっしょりになっちゃったり。新幹線の中でも突然頭がグラッとして、ダーッと汗がしたたり落ちたり。もう本当に具合が悪すぎて、血栓症になろうとも乳ガンになろうとも、とにかく薬を死ぬまで飲もうと思ったの（笑）。実際、薬を再開したら、ピタッて治ったし。

ホットフラッシュは突然に……

阿川　ホットフラッシュって、ほんとに突然来るんですよね。私は、初めて来たのが40代の終わりくらいだったかな。取材の時間に遅れそうになってダッシュして、現場になんとか駆け込んで、「すみません、お待たせしました」って椅子《いす》に座ったら、汗が止まらないの。冬だったのに、首の後ろからずっと汗がタラタラタラタラって。しばらく汗を拭《ふ》き拭き話をしていたら、今度は急に寒くなってきて。あとで、「もしかしてあれが世に言うホットフラッシュ？」って思ったのが、初めてのホットフラッシュ体験でした。

大石　そう、暑い暑い暑いって思ってたら突然、寒い寒い寒いってなるのよね。

阿川　私の場合「暑い寒い」っていう現象は、年に1回か2回来る程度で、他には何も起こらなかったんですよ。ところが、ある日突然、鼻血がドバーッと出て、それがけっこうな量でびっくりしちゃって。打ち合わせをしている最中だったから、「すみません」ってあわててティッシュを鼻につめたんだけど、ちっとも止まらなくて。打ち合わせ後に「週刊文春」の対談があったんですが、移動のタクシーの中でもまだ止まらない。カバンの中が真っ赤に染まったティッシュでいっぱいになったのを覚えてます。もう、何なのこれは？　って思った。

大石　それ、下から出る分が鼻からってこと？

阿川　わかんないです。でも、もしかしてこれが生理の打ち止めの合図か？　とは思いました。「これで最後ですよー、打ち止めですよぉ、カンカンカン！」って鐘《かね》を鳴らしてるのかと。その頃、ひどい鼻血が2週間に1回くらいの割合で続いたんで、ちょっと怖かったですけどね。

大石　やっぱり、定期的に血は外に出さないとまずいのかしら。でもそんな状態で、お医者様に相談しなかったの？

阿川　うーん、なにかと忙しかったし、ま、しばらく様子を見ようかと。そこが、大石さんと違って行動力がないんです。病院へ行ったほうがいいかなと思ってるうちに、なんとなく治まってた。で、1年間くらい断続的に大量鼻血を繰り返して、それからしばらくしたら、「あれ、もしかして閉経したのかな？」って感じでしたね。

大石　1年間も鼻血が続くってスゴくない？　私だったらすぐ病院に駆け込んじゃう。

阿川　これは更年期障害かって思えば、別に病気ではないしねえ、と。だいたい、同年代の友達の話を聞いていると、私は軽いほうだなって自覚がありましたし。

大石　いつが始まりってのがわからないのよね、更年期障害って。閉経もはっきりしないし。

阿川　そうですよね。3ヵ月くらい生理がこなくて、妊娠か？　ってはずはない、だとしたらついに閉経か？　と思って納得し始めたら、1年後に突然、再開するってことはありましたからね。結局、いつ閉経したのか、いまだによくわかってない。一度、母に「何歳のとき、終わったの？」って聞いてみたんですよ。そしたら、「そうねえ。どうだったかしらね」なんて答えるから、恥じらってるのかなって思ってたけど、今なら理解できる。わかりませんよね、いつ終わったかって聞かれても。

大石　ほんとにそうね。

目玉焼きが焼けそうなくらい後頭部が熱い

阿川　でも、その大量鼻血と、年に数度のホットフラッシュぐらいで私の更年期障害はクリアしてると思ってたら、甘かったですね。53、54歳ぐらいになって、ふっと泣き出したらダム決壊かって思うくらい涙が止まらなくなって声を上げて泣き続けるとか、精神的に不安定になるとか、無性にイライラするとかね。なによりホットフラッシュの頻度がものすごく激しくなりました。ひどいときは10分に一度くらいのペースで。

大石　それ、かなりひどいんじゃないの？

阿川　あるとき、テレビ局の楽屋でメーク中にアシスタントから電話がかかってきて、「原稿の締め切り、明日ですけど」って言われたの。「え、来週まで延びるって話じゃなかったっけ？」「いえ、確認したら、明日が本当にギリギリだそうです」って言われた途端に、グワーッと身体が熱くなって。そしたらヘア&メークさんが「阿川さん、阿川さん、今、どんどん頭が熱くなってるんですけどっ！　汗が滲《にじ》み出てます。目玉焼きが焼けそうですっ」て実況中継してくれました。その日は、朝、シャンプーして髪をさらさらにしてたはずなのに、汗ですっかりびちゃびちゃ状態になっちゃって。

大石　わかる。洗ったばかりの髪が、あっという間にベッタリするのよね。特に後頭部の下あたりがひどい。

阿川　私も後頭部の下側から汗が噴き出ました。その頃はまだ美容院に通ってたんですけど、担当の人に、「アガワさんの髪、後頭部の下のあたりの傷みがひどい。パサパサになってる」って言われましたもん。汗のせいだったみたい。

大石　あのときの汗は、尋常《じんじょう》じゃない量よね。

阿川　夏の盛りに仕事に出かけなくちゃいけなくて、車を出そうと駐車場へ降りていったら、見知らぬ奥様に「こんにちは。暑いですねえ、辛いですねえ」って声をかけられたんですよ。そうしたら、たちまち涙が溢《あふ》れてきて、その見知らぬ奥様の前でオイオイ泣き出して。「大丈夫ですか?」って心配されて、むちゃくちゃ恥ずかしかった。でもその日は私、だいぶ不安定だったのか、仕事場に行っても涙が止まらなくて、「具合悪かったら無理しなくていいよ」って言われると、また申し訳なくて涙が流れるという具合で。これはやばいぞって自分でも怖くなったことがあります。

大石　わけもなく悲しくなるのよね、突然スイッチが入ったみたいに。

阿川　私、更年期障害ってたいしたことはないし、まわりと比較してかなり軽症だなって思ってたんです。それなのに、途中からジワジワ強烈になってきて。あまりにも精神状態が不安定で、ちょっと仕事を調整したほうがいいかと思ったほどです。ちょうどその頃、小説の連載をしていたんですけど、男性の担当編集者に正直に告白して、「辛くて、今月書けないかも」って言ったら、「じゃあその心境を書いたらどうですか」と。

大石　さすが男性。女性だとそういう提案にならないかも。

阿川　毎回語り手が変わる連作スタイルだったので、その回の主人公を50代ぐらいの女性に設定して、私のホットフラッシュの話をこと細かに書いたの。当時の私の口癖が「きたきたきたきたきたきたーっ」だったから、セリフにもそのまんま使って。それでその月の締め切りをなんとか乗り切りました。

大石　転んでもタダじゃ起きないわね（笑）。

子宮を取って、さっぱり！

阿川　薬を信用しない主義とかではないんだけど、我慢してりゃなんとかなると思ってたんです。それと、50歳になるちょっと前に、婦人科検診で「子宮筋腫がゴロゴロあります」って言われたとき、同時に「ただ、子宮筋腫のエサは女性ホルモンですから、ゴロゴロあるってことはまだ女性度が高い証拠です。でも、だんだん女性ホルモンは減っていきますから、ゴロゴロは放っておけば自然になくなります」って先生がおっしゃったのね。だから、更年期障害が始まったときも、自然の流れに任せていればいつか終わるだろうって思っちゃった。私、料理は加工癖があるんだけど、体に関することは、加工しないでなるべく自然にいきたいってタチかもしれません。

大石　私はずっと「女性はだいたいあるものなのに、珍しくあなたには子宮筋腫がない」って言われてたの。でも、めまいや情緒不安定さを感じた40代半ばに薬を飲んだでしょう？　ホルモン剤の影響か、その後やっぱり筋腫が育っちゃったらしい。だけど、それを止めるには女性ホルモン剤をやめるしかない。でもやめると具合が悪くなる。ものすごく辛い。それを繰り返しているうちに「もう、子宮を取ってしまおう」ってことになったの。

阿川　ええーっ！　子宮そのものを⁉

大石　卵巣は女性ホルモンを分泌《ぶんぴつ》するところだから取るのはまずいけれど、子宮は取っちゃってもいいかなと。48歳のときかな。

阿川　取っちゃったんですか？

大石　うん、取っちゃった。生理もこないし、さっぱりしたわ。

阿川　さっぱりって、大胆だなあ。それ、外科手術したってことですか？

大石　そうよ。ここ、お腹を切って。

阿川　ひえー。信じられない。病気でもないのに身体にメスを入れるなんて……。

大石　卵巣があれば大丈夫だし、子供を産まないなら子宮はいらないわけだし。逆に、子宮筋腫みたいに、そこにできているものがどんどん育ってほかの臓器を圧迫するくらいなら、取ったほうがいいという先生たちの意見もあって。「歯を抜くぐらいなものだから」と（笑）。

阿川　歯と同じなんかい！

大石　実際は、歯を抜くよりは100倍大変だったんだけどね。

阿川　そりゃあそうでしょう。

大石　更年期障害は、始まりもややこしければ終わりもややこしいって言うけれど、私の場合、心置きなく女性ホルモンを飲み、最後は子宮を取ったから、始まりも終わりも楽。ただし、その10年後、子宮を取ったときの手術が原因で腸閉塞《ちょうへいそく》になり、大変な目にあいましたけど。

阿川　だから言わんこっちゃない。やっぱり歯を抜くのとは大違いじゃないですか。

更年期障害は続くよ、どこまでも

大石　それにしても、更年期障害の度合いは本当に人それぞれよね。

阿川　私は今でも軽いほうだと思ってますけどね。ただ、あまりにも辛い状態が続いたときは、本気で仕事をやめようかと思いました。誰にも会いたくないし、イライラするし、すぐに泣きたくなるし、汗はすごいし。

大石　そこまで思うのって、決して軽くはないと思うわよ。

阿川　そう？　それでまた母に、「更年期障害が辛いんだけど、母さんはどうだった？」って聞いたんです。そしたら、「どうだったかしら。たいしたことなかったような気がする」って言われてがっかり。相談相手にもなりゃしない。親子なのにこんなに違うものなのかって驚きました。

大石　うちの母もそうよ。「まったく覚えてないわ」って。

阿川　それで、60代半ばぐらいの女性に「辛いんですよぉ」って訴えたら、「でもそれ、まだ10年は続くわよ」って言われてショックで。確かに今でもまだときどきホットフラッシュがきますからね。最初のホットフラッシュから勘定すると10年以上経ってるのに。

大石　そうなのよ、続くのよ！　だから私の担当医は「女性はホルモンの薬をサプリメントだと思って、生涯飲んでもいいと思う」って。リスクはあるけどね。ただし、保険がきくのは60歳までなのよ。以降は自費になる。結局、ある程度お金がないと女性ホルモンも補充できないのよね。

阿川　介護もそうだけど、医療って結局、お金があるかないかで対処できることが違ってくるんですね。あと、更年期障害って腰痛と同じで、見た目にはほとんどわからないし、そもそも病気ってわけでもないから、他人に、特に男性にこの痛みやイライラを理解してもらおうと思っても、なかなか難しい。そこが、一番辛いところだと思います。

大石　特に仕事をしている女性は辛いと思う。阿川佐和子の対談に阿川さんがいないわけにいかないし、私の場合なら台本の打ち合わせにはいなくちゃ始まらない。死にたくなるような気持ちや、汗ダラダラのホットフラッシュを抱えていても、絶対的責任のもとに約束の時間、場所に行かなきゃいけない。その責任感と、どうにもできない辛さの間で、〝前線〟で働く女はより一層、更年期障害のしんどさが増すんじゃないかな。

阿川　そうかもね。でも逆に、仕事があってよかったなって思うときもあります。テレビの収録中に突然、「きたきたきたーっ」てなるときは、さほど悪化せず治まることが多いんです。やっぱり気力っていうか集中力っていうか、そういう力が働くんですかね。

周囲に宣言する

大石　阿川さんは更年期障害に関して、どんな対処をしたの？

阿川　積極的に薬を飲むことをしなかったアガワの対処法はですね、まず「自分が不快だと思うことはできるだけ排除」しました。たとえば、テレビの収録や写真撮影がある仕事は別として、打ち合わせやラジオの仕事のときは「お見苦しいでしょうが、しばらくスッピンでお許しください」とスタッフにお断りしました。だって、出かける支度をして、顔にファンデーションを塗った瞬間から、ダーッと汗が流れ始めるから。塗っては扇風機の前でしばらく冷やし、またメークをしては冷やしって、普段の3倍ぐらいお化粧に時間がかかっちゃって、どうしようもないじゃない。

大石　わかる。化粧どころの騒ぎじゃないわよね。

阿川　それから、「ノースリーブを許してください」と宣言しました。私、腕が太いから本当は見せたくないんですけど、恥ずかしいとか言ってる場合じゃない。とにかく暑くてかなわんと。恥ずかしいと辛いと、どっちを取るか？　と自問して、恥ずかしいに甘んじようと決めたんです。そんなふうに、自分にとって精神的に不安定、不快になる要因を一つずつ排除していったら、少し楽になりました。

大石　周囲に宣言するってこと、実は大切よね。

阿川　昔だったらこういう特有の身体のことは、秘め事として周囲には明かさないようにするのが女性のたしなみだったと思うんですけど、もうね、ちょっと男性諸氏にも理解してもらったほうがいい気がして。実際、私の男友達は、奥さんが更年期障害のせいで、まったく家から出かけられない、人とも会えない、料理もつくれないって状態になったとき、最初のうちはオロオロするばかりだったけど、更年期障害のことを理解してから、ものすごく協力的になれたって言ってた。だから私も、仕事場やゴルフ場で鼻血が出たり「きたきたっ」て急に暑くなったときなんか、「すみません。こういう年頃なんです。けっこう辛いんです。ご理解のほど」って、ケロッと周囲に言ってましたもの。

大石　私も男性プロデューサーに「ただ今私はこのような状況でして、薬を飲んでずいぶんと抑えてはいるけれども、いろいろ大変なんです」ってはっきり言いました。「脳下垂体がこうなっていて、こういう反応で起こるんです」って図解つきで説明したり。「あなたの妻もいずれ、突然泣くとか不安定になったり、めまいがするとか言うかもしれない。それはこういう仕組みだってこと、知識として覚えておくといいですよ」って、あらゆる男性に言ったな。

阿川　そういう論理的説明のできるところが、私と全然違う、さすがだわ。

大石　だって、男性こそきちんと更年期障害について学んでおいた方がいいと思うもの。でも、いくら丁寧に説明したって、みんな全然しみてないわけ。「はあ……」みたいな感じで。

バッサリ髪を切る

阿川　若い女性もそうですよね。こればっかりは、実際に自分がなってみて、実感しないとわからないからねえ。体験している者同士だと、更年期障害ネタだけでわんわん泣きながらお酒を酌《く》み交わしたりできるけどね（笑）。

子供たちも多少は知っておくといいと思う。なんで母さんは最近、バカに機嫌が悪いんだ？　なんであんなに暑がるんだ？　ああ、そうか。そういう年頃なんだなって、理解していれば、家族同士の余計な争いも減るでしょう。そうだ、対処と言えば、もう一つ、思い出しました。バッサリ髪を切った。

大石　それもご自分でカットしたの？

阿川　いや、さすがに美容院で。さっきのノーメーク宣言と一緒で、とにかく頭も髪も汗でびちゃびちゃになるから、もうできるだけ短くしようと。特にわずらわしい前髪を短くしました。あとは、扇子《せんす》とタオルハンカチを常に持ち歩く。冬でもね。

大石　そう、タオル地！　ハンカチなんて気取ったものじゃ無理、あの汗は吸収できない。

阿川　アクセサリーもできるだけつけないようにした。ただでさえ暑くてカーッとなってるのに、アクセサリーがちょろちょろぶら下がっているだけでイライラするから。とにかく精神的に煩《わずら》わしいと思うものを徹底的に排除しました。それで少しずつ少しずつ、薄皮を剝《は》がすようにつらさが軽減していった気がします。でもまだ、終わってはいないんだなあ。中には、何も問題なく更年期を終える人もいるみたいですね。体質ってあるのかな。または、継続して運動している人は比較的軽い、とか。

大石　あまり関係ないと思うな。だって、これまでずっと定期的に女性ホルモンを分泌していた卵巣がそれを出さなくなって、そうすると出すように命じていた脳下垂体が、なぜ出さないんだ！　と卵巣に命令を出すわけでしょ。そのとき、脳下垂体は心臓の動きから何から全部に指示を出しているわけで、必死に卵巣に働きかけるあまり、いろんな機能にも影響を与えてしまうわけ。汗を大量に出すとかね。それは、運動なんかで紛《まぎ》らわせられるものじゃないと思うの。

物覚えが悪くなったのもホルモンのせい!?

阿川　つくづく、人間の体にホルモンがどれほど影響を与えているかということを痛感しますね。体だけじゃなくて精神面にもね。悲しい気持ちを落ち着けたり、暑い寒いを感じたり、あらゆるバランスを取ってくれてるわけだものね。いわば制御機能。血圧にもコレステロールにも、肌荒れや爪の具合まで、あらゆることに影響してるんですね、女性ホルモンって。そういえば最近、物覚えが悪くなったのも女性ホルモンが影響してるのかもしれない。

大石　本当に、ホルモンの偉大さにあらためて驚くわね。元来、女性ホルモンは子供を産み、育て、守っていかなきゃいけない母の強さの源だと思う。生きるパワーにすごく関係してるのよね、きっと。

阿川　男性にも更年期障害があるんですってね。狩りに出たり、戦ったり、子孫を残したりするための男性ホルモンがなくなっていけば、男性は女性化していく。だから歳を取った男性はなんとなくおばあさんっぽい印象になるんですよね。女の人はおじいさんになり、男の人はおばあさんになり、そして人類は一種類に昇華されていくのか。

大石 確かに。男性は、男性ホルモンの減少とともに、全体的に体つきも丸くなるし、顔も優しくなって、性格まで丸くなるわよね。

男性ホルモンで意欲的に！

阿川 一方、女性は……。

大石 私、「なんだか最近やる気が出ない」ってかかりつけの医者に相談したら、「じゃ、男性ホルモン打ってみますか！」って言われたの。で、注射をピチッと打つと、その日バンバンにやる気になるのよ。

阿川 ホントですか⁉　じゃ、あちらも？

大石 やあね、仕事よ、仕事！　仕事に意欲的になるの。ただね、男性ホルモンを注射すると、顔にニキビが出るのよ。

阿川 そのうち、胸毛やヒゲがはえてきそう。

大石　打ち続ければそうなるわね、きっと。でも、どうしてもやる気になりたいときは、男性ホルモン注射はおすすめよ。

阿川　どうしてそう肉体改造したがるかな（笑）。

大石　「今すぐ元気が欲しい」と思うと我慢できないの。できることがあれば即やっちゃう。

阿川　ナチュラルでは生きていけないんですか？

大石　ナチュラルな方がいいとは思うんだけど、元来の性格が短気なのよね。今、どうしても欲しいものは欲しい！　と思ったときの行動力は、自分でもすごいなと思う。

阿川　私は、ちょっと1週間ほど様子を見てみようかなと思っているうちに、まあ1年先でもいっか、というタイプだからなぁ。下着も大石さんに倣《なら》って、上下色を揃えたほうがいいだろうなと思いながら、きっとバラバラのまま死ぬな。

大石　私はとにかくすぐやってみるタイプだから、待ってみるってことができないの。行動力があるというより、短気なのよ。

阿川　あら、私も短気ですけど。

大石　そう？　短気じゃなくてせっかちなだけじゃない？

阿川　短気とせっかちって違うんですか？　せっかちとか短気も、更年期障害で加速されるのかしら。どんどん面倒なババアになっていく予感がする。

第7章　オンナの「仕事術」

「評価される幸せ」を感じよう！

阿川　仕事を始めてまもなくのころ、父に言われたんです。なんでもいいからひとつ、専門分野を持てと。これについては誰より阿川佐和子に聞くのが一番いいって言われるぐらいのものを。でも、60歳を超えた今でも自分が何屋なんだかよくわからない、正直言って。つまり、自分の専門ってものをいまだに語れないでいる気がします。

大石　そうかしら。阿川さんって、「阿川佐和子」という独特の立ち位置をつくってると思う。そのポジションは唯一無二、「職業／阿川佐和子」ですよ（笑）。

阿川　こんなこと言うのはなんですが、隙間《すきま》産業屋って感じ。要するに、テレビでも対談でもそこそこ進行ができて、大女優ほど気を遣わなくてすむ。おまけにプロダクションに所属しない個人経営ですから、ギャラが安い（笑）。使い勝手がいいみたい。

大石　安いとは思えないけど、ま、仮にそうだとしても、またあの人を画面に映したいって思うのよ。なんだか可愛らしいじゃない、阿川さんって。お美しいのに愛嬌《あいきょう》があって品がある。

声の感じも素敵。テレビや雑誌の人が出てほしいって思う気持ち、とってもよくわかるけど。

阿川　そうですかね？　よく女性誌のインタビューで働く女性に向けたアドバイスを求められるんですが、毎回、悩みます。そもそも仕事をして生きて行くつもりはなくて結婚することが人生の目標でしたから、20代はお見合いに明け暮れてちゃんと就職をしたこともない。それが、ひょんなきっかけで30歳の直前でテレビの情報番組のアシスタントを務めることになって、そうしたらエッセイを書いてみないかというお誘いもいただいて連載ページを持つようになって。何をぜいたくなこと言ってるんだって話ですけど、私はそういった仕事はすべて、いつか妻とか母親になるための人間修行の過程、仮の姿だと思っていたんですよね。

大石　みんな阿川さんのようになりたいと思って、どうやってなれるか興味があるもの。なりたくてもなれるものじゃないけどね。

阿川　……人間としての深みはないし、自信もないのに。小心者だから断れず、お調子者だから、おだてられ、やってくださいと言われた仕事、目の前の仕事をただひたすらやってきただけなんです。仕事を始めて5年くらいたったころ、30代半ばかな。「うん？　これはどうも仮の姿じゃないぞ」って疑わしくなってきて。「このまま結婚せず、子供も産まないで、自分で自分の生活を支えて生きていく人生になるのか？」と。

大石　それくらいの年齢で同じように悩む女性も多いんじゃないかしら。

阿川　だからといって確固たる覚悟が決まったわけでもなく「どうするんだ？　私」と思いつつ日々の締め切りに追われる毎日を送っていました。ただ、そのころやっと、たとえ結婚したとしても仕事は続けていきたい、という気持ちは生まれていたように思います。仕事は辛いけど、やっぱり社会と直接つながって、自分のしたことを、原稿料なり言葉なりで評価を受ける立場にいることは必要だな、と。

大石　仕事をするということは、「評価」にさらされるということだから。

阿川　フフフ。かつてのボーイフレンドと偶然再会したとき「何を喜びとして過ごしているのか」と聞かれて、とっさに「仕事の評価」と答えた大石さんらしい。

大石　さらに言えば、「評価にさらされる幸せ」ってあると思う。

阿川　専業主婦の友達は「日々やっていることが評価されない」と嘆くけれど、そこなのかもしれない。家事にせよ会社の仕事にせよ、内容はそれぞれにあるけれども、仕事をするということは他人の評価にさらされるということで、それが専業主婦の場合は夫や子供、家族になるし、私たちのように外で仕事をしている女は、自分と関わる人間の数が増える分だけ、その評価の範囲が広がっていくということでもあるじゃない？

大石　そのとおりね。

阿川　それは怖いことであると同時に、世界が広がっていく喜びでもある。それが評価される幸せにつながっているような気がします。

「したい仕事」より「必要とされる仕事」を

大石　じゃあ、評価してもらうところにどう身をおくかっていうと、「必要とされる」ってことに尽きると思う。阿川さんだってそうじゃない？　きっかけはどうであれ、テレビに出てみないか、書いてみないか、と言われるってことは、必要とされているということ。私なんて、誰にも必要とされていなかったもの。

阿川　何をおっしゃいますやら。

大石　本当よ。私はずっと女優になりたかったのに、まったく需要がなかった。劇団を立ち上げたのは女優としての場をつくるためだし、脚本を書き始めたのも、そんな自分にいい役を与えるため。そうしたら、たまたま芝居を観にきたプロデューサーが「あなたは自分で演じるより書いたほうがいい。テレビの仕事をしませんか」って。そのころはまだ女優になりたかったから「は?」って感じで、でも劇団は赤字でお金を稼がないといけないから、しぶしぶアルバイトで企画書屋みたいなことを始めたの。

阿川 企画書屋? すぐに脚本を書いたわけではないの?

大石 そうよ。そのプロデューサーが有名脚本家の宮川一郎先生と知り合いだったから、先生のところでお茶汲《く》みとかお弟子業みたいなことから始めたの。脚本家を目指す人はまず、テレビ局に出す企画書づくりが最初の仕事。当時は2時間ドラマの全盛期で、何百本の中から1本が選ばれるような時代だったから。

阿川 100分の1以下か……。でも、まずは企画が通らないと脚本を書く段階に至らないわけですね。

大石 でも、自分が書いた企画が通ったからといって、すぐに脚本が書けるわけじゃないのよ。企画が通っても、脚本を書くのは師匠や先輩方だから。

阿川 そうなんですか? 自分で書けないの?

大石 そうよ。でも、当時は企画書1本で3万円くらいもらえて、月に7、8本は書いてたから、結構いいアルバイトになった。全部、自分の劇団の赤字の穴埋めに消えたけど。私が書いた企画書が立て続けに5本くらい通ったりしてたの。

阿川　すんごい倍率なのに！

大石　あんまりにも企画書が通るもんだから、「宮川先生のところに、どうも使える子がいるらしい。その子に書かせれば企画が通る」と噂になっちゃって。最初は師匠が考えたことをもとに企画書にしてたんだけど、そのうちもう、バンバン自分でアイディア出しちゃった（笑）。私の名前はどこにも出ないのにね。

バンバン通る企画書の書き方

阿川　バンバン通る企画書づくりのコツはなんですか？

大石　とにかく「短く」書くこと。ピリッと短く。

阿川　短いって、どれくらい？

大石　ドラマの企画書は、大まかな物語の流れと展開、イメージキャストをまとめるんだけど、私は必ずA４用紙２枚以内にまとめてた。みんなもっと10枚以上しっかり書くのよ。きっと、そっちのほうが内容も詳しくてまとまってるんだろうけど、読む側のことを考えたら、長いのは絶対ダメだと勝手に思っていて。

阿川　なんて頭がいいんですか！　確かに、忙しいプロデューサーたちが読むわけでしょう？　しかも毎日膨大《ぼうだい》な量の企画書に目を通さなきゃいけない。

大石　なかには「こんな薄っぺらいのじゃダメだ」っていう人もいたけど、私は「絶対短いほうがいい」って、それだけは自信があった。だってどんなに一生懸命たくさん書いたって、自分が読む側だったら、長々と読むのめんどうじゃない。

阿川　ふむふむ。勉強になります。

大石　あとは、「ハッタリ」を利《き》かすこと。当時は企画が通っても脚本を書くのは私じゃないから（笑）、とにかくインパクトを大切にした。〝平凡な主婦が買い物から帰ってきたら玄関に死体が！　よく見るとそれは……〟とか、展開がちょっといい加減でも「おおっ？」と思わせる要素をいっぱい盛り込む。そして最後に「これこれこうだから、必ずや高視聴率をお約束いたします！」と書いておく。

阿川　なんだかよくわかんないけど、そのドラマ観たい気がしてきますね（笑）。

大石　とにかく企画書屋としてやたら売れちゃったんだけど、もう自分がすり減りそうで、摩《ま》耗《もう》してきて……。そこでつぶれてしまう脚本家の卵も多いらしいけれど、2、3年やったころかな。そろそろ脚本を書いてみなさい、と師匠に言われました。

デビュー作の視聴率19・8%

阿川　書き方を教わったりしたんですか？

大石　全然。もちろん自分の劇団の脚本は書いていたから脚本がどういうものかはわかっていたけど、テレビの脚本の書き方なんてまったくわからない。でも、企画書を書きまくったおかげで、物語を構築する力は、ずいぶん訓練されたと思う。

阿川　どんなドラマでデビューしたんですか？

大石　3人のOLが「素敵な結婚をしたい」とかあれこれしゃべるコメディーの2時間ドラマ。3人組っていっとき流行《はや》ったんだけど、その走り。でね、なんと視聴率が19・8%だったの。20%いかないとダメな時代だったとはいえ、新人としてはかなり……。

阿川　すごい。すごいじゃないですか！

大石　ドラマが放送された翌日、朝からじゃんじゃん家の電話が鳴ったの。3人組のOLのセリフが生き生きして面白いって評価されたらしく、「昨夜のドラマ観ました。ぜひうちとやってください」「次はうちで書いてください」って。当時、トレンディドラマをつくったと言われる有名なプロデューサーからも電話があったんだけど、名前を聞いても誰だか知らなくて、あとで師匠に叱られたくらい（笑）。

阿川　脚本家・大石静、ここに誕生。

大石　女優としてはまったく評価されなかったのに、この手応えは一体なんだろう？「あなたと仕事がしたい」と、これほどまでに必要とされたことがあったのか？　いや、ない。なんなんだ、この感じはって、戸惑いつつも嬉しかった。

阿川　まさに、多くの人から評価される幸せ、ですね。

大石　10年くらい劇団とテレビの仕事と両立してたんだけど、40歳のとき、書くことに専念すると決めて劇団をやめました。

私の書くドラマに私はいらない

阿川　女優への未練はなかったんですか？

大石　全然、ない。

阿川　そんなにきっぱりと。

大石　なぜかっていうと、テレビで脚本を書くようになると、スタッフとしてキャスティングするほうになるでしょう。この役はこの役者が合うとか、この人はイメージじゃないとか。そうすると、はっきりとわかったのよ。どんな小さな役も、〝大石静という女優〟にやってもらいたいと思わない。つまり、私の書くドラマに私はいらないって。

阿川　客観的に自分を見てみたら、ってことですか。

大石　そう、客観視。自分で劇団を主宰していると、スタッフの弁当の手配から掃除からお金の計算、脚本まで全部やっているから、女優として、自分がどうかってことがよくわからないわけ。でも、スタッフとして客観的に見た場合、自分で書いたドラマなのに自分をまったく必要としてないの。お呼びでないとわかったから、きっぱり役者を辞めました。

阿川　もったいない気もしますが。おしなべて、思い切りがいい方ですなあ。

「これしかない」という覚悟を

大石　私はずっと、「これしかない」という思いで脚本家をやってきました。女優時代はまったく見向きもされなかったのに、私の脚本はこれほど必要とされている、こんなこと今までなかった。だから、絶対に手放さないと誓って、いかなるチャンスも逃したくないし、つべこべ言わずに踏ん張ってきた。でもね、こんなに長く脚本家をやっているのに、いまだに脚本を書くことは辛いし苦しい。楽しいと思いながら書いたことなんて一度もないんです。仕事が好きかと聞かれたら……よくわからないし。

阿川　私も、インタビューの仕事好きじゃない。書く仕事も、辛い。

大石　「好き」とか「楽しい」よりも、「辛い」のほうが大きい。

阿川　ときどき「楽しい」がある。ふりかけのように、はらりと少しだけ。

大石　そうそう、まったくその通り。

阿川　女性誌の取材でよく聞かれるんです。「好きな仕事をして生きていくためにはどうしたらいいですか」「やりがいのある仕事が見つからない」「自己実現するには？」

大石　「好き」とかそういうことの前に「これしかない」と思えるかが大事だと思う。好きなものなんかそうそう巡りあわないし、やりたいことかどうか、自分に向いているかどうかも、案外自分で判断するものじゃないのかも。自分の経験をふりかえってみると。

阿川　各界で活躍されている方たちもみんな同じことを言っています。「結局、自分の能力は自分じゃわからない。人が見てるもんだ」と。私だって、「先日のインタビューの聞き方はうまかった」「この間のエッセイはよかった」とおだてられ、周囲を頼りに仕事を続けていると、また別の人が気づいてくれて「こういう仕事をやってみないか」と持ち掛けてくれて今がある。だから、「ここは私の場所じゃない、私の能力が生かせる場所はほかにある」という考え方は、ちょっとおこがましいと思うの。

大石　まったく同意見です。今いる環境で与えられた仕事もきちんとこなせない人が、別のところへ行ってうまくいくなんて思えないから。

阿川　「これしかない」にも2種類あると思います。私のようになんとなく始めて継続しているうちに、合ってるかも？　と実感する「これしかない」と、大石さんのように、これだけ必要とされるならこれなんだ、と思う「これしかない」と。

大石　いずれにしても、肝が据《す》わればその人にとっての「これしかない」になるのよ。

阿川　以前、陶芸家で人間国宝の第14代柿右衛門さんにインタビューしたとき、「どういう人が、お弟子さんに向いていますか」と質問したら、「器用じゃない人」とおっしゃった。

大石　なるほど……。

阿川　「器用な人はすぐに上達するから、〝僕にはもっとほかの仕事があるはずだ〟と迷い始める。器用じゃない人は、なかなかうまくいかないから10年は続ける。10年続ければ必ず技術が身について、結果的に器用じゃない人のほうが上達するんです」と。

大石　自分にはこれしかないという覚悟のもとに続ける。これは、どんな仕事でもいえることなのよ。

「夢は必ず叶う」なんて嘘だから

阿川 最近、特に思うのだけれど「バラ色の仕事、バラ色の職場、バラ色の人生」がどこかにあると、皆さん思っている節がありません？

大石 そうね。私は自分の生まれ育った環境から、小さいときにすでに「生きることは辛い」とうっすら感じていたから、人生は厳しいという現実に向き合えたけれども。

阿川 私も理不尽な父親のもとで罵倒《ばとう》されて育ったから、この親のもとで生きてきたなら、どこへいってもやっていけるという妙な自信がありました。

大石 こうなったら、小学生ぐらいのときに、人生はバラ色ではないってことを叩き込んだほうがいいと思う（笑）。

阿川 スパルタですな。でも、最近「夢は必ず叶《かな》う」って当たり前のように使うじゃない？何かのチャンピオンだとかオリンピックに出ちゃうようなすごい人たちが、気軽にああいうこと言っちゃダメだと思う。夢は必ず叶うなんて嘘だから。普通、叶わないでしょう。

大石　叶わないのよ。叶う人は、選ばれた特別な人たちだから。

阿川　そもそも、夢が叶えば幸せなのかって問題もありますよね。その世界でチャンピオンになることが幸せかっていうと、それは人それぞれだし、描いていた夢そのものが間違っていたという場合もあるかもしれない。何が幸せかは自分で判断しないと。

大石　ある世界で突き抜けた方たちっていうのは、もともと才能がある上に、いろんなものを捨てて、血を吐くような努力をして、その結果を手にしているのよ。軽々とあの場にいるわけじゃない。誤解を恐れずに言うと、人間はどれも尊い命だけれど、〝身の程〟というのがある。能力にも確実に差があるの。だけど一方で、それぞれの能力を全開にして、精一杯に生きることこそ尊い。という考え方がないがしろにされてる気がします。

阿川　いいぞ、いいぞ！

大石　スポーツで世界の頂点に立つことも、大金持ちになることも、好きな人と家庭をもつことも、小さなお店でおせんべいを焼きながら子供を育てることも、全部素敵なこと。いろんな世界があって、いろんな幸せがあるってことを、今の子供たちに知ってほしい。

阿川　こっちのほうが幸せで、こっちは幸せでない、なんて絶対的なことはないですよね。だから、夢はみんなそれぞれでそれが叶わないこともあるってことをまず知るべきだし、夢が叶わなかったとき、さてどう対処していきますかって考えたときにこそ、学ぶものは大きいと思うんです。

大石　そのときに人はそれぞれ才能も能力も違うんだってこと、つまり身の程を知るのよね。そして、たとえ夢が叶わなかったとしてもただ絶望するのではなく、人としての我慢強さや踏ん張る力を学んでいくんだと思う。

みんながイチローにはなれるわけがない

阿川　みんながみんな、イチローになれるわけがない。

大石　そう、みんな平等じゃないのよ。最近は、あなたらしさを大切に、あなたには才能がある、あなたの「個性」を生かしましょうと、すべてにおいて肯定的《こうてい》すぎる気がします。小さいころから、両親も学校も「あなたはすごい」「イチローみたいになれる」「世界でひとつの花だから」って言って、すべての子供が可能性に満ちていると教えるでしょう?　しかもイヤなことはやらなくていいとも。だから遺伝子がどんどんひ弱になるのよ。

阿川　みんな違うからこそその個性と言うなら、違いは違いできっちり学ばないと。

大石　勉強はできないけれど、ものすごくかけっこが速いとか、調理実習ではポンポンきゅうりが切れるとか、能力は人それぞれ違うじゃない。

阿川　違うってことを知った上で、自分はどこを目指すか。そこを考えるところから、面白いことが生まれるものなのにね。

大石　その通りだと思います。

阿川　なのにみんな、「他人と比べて幸せか？　自分の本当の居場所はどこか？」ということに日々、悩まされ続けている。メディアもそれを煽《あお》っているきらいがある。

大石　「全方位キラキラ」している女性像とかね。素敵な旦那と結婚して憧れの街に住み、かわいい子供がいて、きれいな色のマニキュアをしてステキな服を着て、仕事もバリバリやってたりする人たち。

阿川　聞いているだけで疲れそうだけど（笑）。そういうママを雑誌で見て、「私もそうならなきゃ」って焦《あせ》ってがんばって、追い詰められてみんな疲れちゃうらしいですよ。

大石　それが必ずしも幸せとは限らないじゃない。現代社会はあまりにも情報があふれ過ぎてるから、自分自身の〝軸〟を見失っちゃう。危険な時代ね。人がどう思うかより、自分がどう思うか。それが一番大切なのに。

自分のことだけ考える時間は大事

阿川　とは言いながら、他人がどう思うかなんてどうでもいいって悟るには、そうとうに強靭《きょうじん》な精神を必要とするのだとも思う。私、他人の目なんて一切、気にならないって人に会うと、それだけで「ははあ」って尊敬しちゃいますよ。この年になってもやっぱりどこか人と比べてしまいます。そんで、愚痴《ぐち》るし嘆くし文句言うし。

大石　私だってそうよ。いいのよ、愚痴っても他人の悪口言っても。でも、雑誌やパソコン、携帯見たりして人と比べて落ち込むくらいなら、一度自分とじっくり対話してみればいいと思う。自分のことだけ考えてみる時間をもつって大事なこと。

阿川　私はいつも、女性誌のインタビューでこう答えています。「今すぐ、雑誌も新聞も携帯も閉じなさい。テレビを消しなさい」って。

大石　まぁ、我々はそこで仕事してるんだけどね（笑）。

阿川　そういえば、その昔、大失恋して泣きながらトボトボ家に帰った瞬間、父がいつものように烈火のごとく怒鳴っていて、まだ赤ん坊だった弟がぎゃあぎゃあ泣いていて、母に「ちょっとこの子、頼む。あと、お鍋の火、消しといて」って赤ん坊を手渡されて。生きるって……
こういうことなんだなと、ふと思ったことがあります。

大石　生きるってそういうこと。男にフラれたら、布団をかぶって寝ればいい。

阿川　床《とこ》ずれが出るころには絶対元気になってるしね（笑）。どんなに落ち込んでいてもお腹はすくし、目の前にやらなきゃいけないことがいっぱいある。どんなに絶望していても、世の中の人の心が全部こっちに向くなんてことはない。つまり「私の悩みは全世界の悩みではない」ということに気づくの。

大石　人間は、案外たくましいから、すぐに慣れて性懲《しょうこ》りもなくまた恋をする。慣れることで強くなってくのよ。

阿川　ねえ、私たち、これ以上強くなってどうすんの？（笑）

怒鳴られる、ケンカする、は当たり前

大石　「週刊文春」の対談ってものすごく長いわよね。どれくらい続いているの？
阿川　93年から始まったから、かれこれ25年目に入りました。四半世紀か……。
大石　すごい！　それだけ続けば、立派な対談のプロよ。
阿川　いや、何度も申しております通り、私はもともと専業主婦志望で、何かになりたいと思うことがなかったわけで……。でも、ありがたいことにさまざまな仕事にお声がけいただいて、ここまで続けてこられたのは周囲のおかげにほかなりません。
大石　辞めたいと思ったことはある？
阿川　そんなの、ほぼ毎日。数えきれないくらい。大石さんは？
大石　脚本家を辞めようと思ったことは一度もない。だってこれしか生きていく道はないもの。でも阿川さん、そう言いながらもこれまできちんと続けてきたのはなぜ？
阿川　「できません」と断る強い意志がないんです。ただの小心者ですね。だから引き受けた

以上は、怒られるのがイヤだからちょっと頑張る。そのくせ、褒《ほ》められるととことん調子にのる。

ほめられたのは3回だけ

大石　私も同じよ。目の前の仕事を必死にやってきただけ。あとは、プロデューサーやスタッフが導いてくれるから。もちろん、怒鳴られたこともやり直しって言われることもケンカすることも、山のようにあったけれど。

阿川　大石さんにもそんな経験が？　ちょっとホッとします。私は30歳手前でテレビの仕事を始めたとはいえ、親の七光りで抜擢《ばってき》されたど素人なわけで、街頭インタビューでもモタモタして「使いものにならん」と毎日怒鳴られてました。「普通は2年もテレビに出たら慣れて一人前になるもんだけど、あんたは頑固《がんこ》だね」ってディレクターに嫌味を言われたくらい（笑）。だからインタビューについてはぜんぜん向いてないって思ってたし、ニュース番組も「次は天気予報です」「あ、ただ今ニュースが入りました」って、アシスタントとしてキャスターぶるのはけっこう上手なんだけれど、心の中で私は報道をやる質《たち》じゃないな、と。

大石　意外。ニュース番組のキャスターなんて、みんなが憧れる職業なのに。でも、その仕事は6年間続けたわけでしょう？

阿川　6年間で褒められたのは3回くらいかな。「向いてないから辞めたい」とビービー泣いては、プロデューサーに「叱られるうちが華《はな》。求められているうちが華」と慰《なぐさ》められてました。そうやって励まし、支えてくれる人たちを裏切らないようにと必死でしたね。

大石　文章を書く仕事は？

阿川　父が小説家だから、小さいころから出版社の人が周りにいて、「いずれ書いてみなさい」なんて言葉をかけてもらうわけじゃない？　小説家志望の人から見ると、「ずうずうしい！」って感じかもしれないけれど、そんなチャンスを与えられているのであれば、それを断ることはもっとずうずうしいって思っていて。だから「やってみます」とお引き受けして、こちらもなんとか辞めないで続けてきた。走り続けていれば、何かはつかむ。最近やっと、そんな気がしてきたところです。

大石　最初のころ、お父様が文章を添削《てんさく》してらっしゃったとか。「志賀直哉先生の目に留《と》まることがあるかもしれない、そう思って書くように」って。阿川さんならではのものすごいエピソードだなって思う。

阿川　正直言って、志賀直哉先生の作品は『暗夜行路』と短編をいくつか読んだくらいで、『火花』を書いた又吉直樹さんみたいに好きな作家の作品を読み返してその文章をつかむなんて努力をしたこともない。もっと言えば小説を読むということ自体が好きじゃないんです。文字に対する持久力と集中力がなくて。

仕事に馴染む力？

大石　でも、小さいころから叩き込まれた文章の形式とか、何か遺伝子的なものってやっぱりあると思うけどな。

阿川　自分ではわかりませんが、ただ、文章についてはリズムや間、価値観など、何かしら受け継いだものはあるのかなと。たとえばこの会話が続くのはしつこいかも、これを書き過ぎると理屈っぽくなるなとか。塩梅《あんばい》みたいなものだと思うんですけど。

大石　それこそ作家の遺伝子よ。それにしても、文章を書く、ニュース番組のアシスタント、対談のホストと、最初は怒鳴られようとも結果的にあれもこれもできちゃうのね、阿川さんって。

阿川　ただ必死だっただけ。でも、仕事って好きであろうと嫌いであろうと、「続ける」ことで、失敗や成功やさまざまな経験を積んで、なんとなくその仕事に馴染《なじ》んでいくという気はしています。

「自分らしさ」をいかに生かすか

大石　『TVタックル』の司会進行っぷりを観てると、阿川さんは素晴らしい仕切り役よ。番組にすっごく馴染んでいるし、あれは阿川さんにしかできない芸当だと思う。アクの強いオジサマばかりだから、阿川さんがいないと殺伐《さつばつ》としちゃうわよ、あの番組は。

阿川　そんなことはないと思うけど。実は『タックル』は最初、コメンテーターとして出演依頼があったんです。アシスタント的役割だとしても、出自が『情報デスクToday』や『報道特集』なので報道の人というイメージが強かったみたいで。

大石　『NEWS23』でも、筑紫哲也さんの隣に座っていらしたしね。

阿川　きっと、安藤優子さんや櫻井よしこさん、小宮悦子さんのように、女性ジャーナリスト的な役割を期待されていたんです。でも皆さんのように世界情勢の知識とか、現場の取材にこそ醍醐味《だいごみ》を感じる気概《きがい》とか、そういうのがまったくなくて。報道系は向かないとわかっていたので、「コメントは無理です。進行役のほうがまだまし」とお答えしたら、じゃあ進行役で、と言われたのが始まりです。

大石　ごちゃごちゃ言うおじさんに「そこ、うるさいから」って言って、パッと空気を変える場面とか、痛快で好き。

阿川　あるとき、テーマが若い人の性問題だったかな、「週に何回くらいセックスをしたいですか」という質問に誰も答えないから「若いんだから週に3回はするでしょ」って発言したら、ビートたけしさんはじめ、オジサマたちが全員ずっこけて。「阿川さんってそんなこと言う人なんだ」って呆れられて。あれから何かが吹っ切れましたね。そのまんまの私でいいんだなって。普段の姿を知っている友人はみんな、「『タックル』に出てから、やっと本当のアガワに戻ったね。ずいぶんといい子ぶって賢《かしこ》ぶってたもんね」と言ってました。

オオイシ流「人気が出る人」の見分け方

大石　そうよそうよ、どんなエッチなこと言ったって、阿川さんは品があるもの。阿川さんのように、年齢を重ねてからレギュラー番組の本数が増えている人ってほかにいないでしょう。人気のある人は共通してある種の「透明感」があるの。

阿川　透明感⁉　そんなもん、ないよ、私。

大石　自分じゃわかんないものよ。ドラマでもバラエティでもニュースでも、視聴者にたくさん応援してもらうには、透明感がなきゃダメだと私は思ってる。特に真ん中にくる人は、うまい下手ではなくて、透明感が必要です。

阿川　たとえば、朝の番組のキャスターの夏目三久さんとか？　癖がないし媚《こ》びてる感じもなくて素敵だと思うけど、それって大石さんの言う透明感に近い？

大石　そうね、ちょっと近いかな。

阿川　ＮＨＫの有働由美子さんは？　巧《たく》みだし頭がいい。

大石　素晴らしいわよね、色っぽいし。でも私の思う透明感とはちょっと違うかなぁ。もっと突き抜けた感じがあるというのかしら。『ミヤネ屋』の宮根誠司さんとか、爆笑問題のふたりとか、アナーキーなことを言っても不潔っぽくないじゃない？　『タックル』の大竹まことさんもそう。当たる番組は必ず画面が清潔なのよ。

阿川　俳優さんだと？

大石　長谷川博己さんを初めて見たときは、清潔感を超えた独特の透明感があるって思った。綾野剛さんも。トップを張っている女優さんもみんな持っていると思うけど、その透明感だって、やっぱり本人がいい気になったり、努力をしないとくすんでしまう。スタッフがいくら盛り立てても、画面に出る人の人間力がないと視聴者にはバレてしまう。

阿川　深みがないことが明るみに……。私も気をつけねば……。

大石　大丈夫よ、阿川さんは盤石《ばんじゃく》よ（笑）。

脚本はセリフが命

阿川　私が『ＴＶタックル』で何かが吹っ切れたように、大石さんも何かをつかんだというか、手応えを感じた作品ってありますか。

大石　向田邦子賞を貰《もら》ったＮＨＫの朝ドラ『ふたりっ子』かな。それまでも家族もののドラマを書くことが多かったんだけど、とにかく「家族はいいよ」ということを謳歌《おうか》する内容にしてくれ、シビアな問題はいっさいいらない、というオーダーが多かったんです。でも、私自身が家族のことで苦労が多かったでしょう？　「家族は素晴らしい」とうたい上げるのが苦しかったのよね。

阿川　ふたりの母親に育てられた大石さんですもんね。

大石　でも、テレビってこういうものなんだ、視聴者が求めるものを書かなきゃいけないんだと思って書いてたの。そんなとき、『ふたりっ子』のディレクターに出会って、「あなたのエッセイをすべて読んだ。エッセイにはあんなにとんがったことを書いているのに、ドラマはなぜ保守的なのか。もっとあなたらしさを出しなさい」と言ってくれた。

阿川　保守的だと思われがちなＮＨＫの方が？

大石　そう。それであの『ふたりっ子』を書いたんだけど、爆発的にヒットして。自分らしさを出していいんだなと、転機になった作品でした。

阿川　『セカンドバージン』も攻めてましたよね。すごくエッチで。

大石　こんなセリフをテレビで書いていいの？　っていう過激なセリフもあったのに、好きなようにやりなさいとプロデューサーが言ってくれたの。実際、あのドラマは濡《ぬ》れ場がたくさんあるように思われているけど、実はそうでもないの。セリフがエッチだから１回で３回分の濡れ場を観たように感じるのよ。

阿川　余韻《よいん》があるのね。ひと粒で３度おいしいってやつ。

大石　脚本家によってさまざまですが、私はあまり、台本に詳しくト書きを書き込みません。セリフや行動でその人物がどんな人かをわからせたい。だから細部はすべて演出家やスタッフにまかせます。信じてゆだねる。映像ができあがってみたら「こういうつもりで書いたセリフじゃないのに」って思うこともありますが（笑）。まったく違うドラマになったとしても、その違いを楽しんで喜びにしないと、脚本家はできないと思う。

阿川　そうでしょうね。

大石　とにかくセリフが命だと思っています。普段、人が話すときって、2割の本音でしゃべって残りの8割は隠してるものじゃない。うまい脚本はその2割の会話で8割を感じさせる。「この人はこう言っているが、実はこう思ってるな」と。

阿川　ひえー、難しい仕事ですよね。

大石　ほんとにね。脚本家の山田太一先生は「キャラクターは語尾に宿る」という持論で、演じる側が絶対に語尾を変えちゃいけないのよ。「寒いね」「寒いですね」「寒くね？」これだけでも、全然性格が変わってくる。だから、ベテラン俳優ほど、語尾を勝手にアレンジすることなくきちんとセリフを言うのよ。セリフの重みを知っているから。

膝の裏の汗、墓場で放尿

阿川　セリフではないけど、以前『サワコの朝』に出てくださったとき、向田邦子さんのドラマで、女性がミシンを踏んでいるシーンにエロスを感じたと言われてましたよね。

大石　そうそう。暑い夏、ある女がミシンを踏んでいたら、好きな男がその部屋へ来るわけ。女は「私って、暑いとここに汗をかくのよ」と言ってタオルで膝《ひざ》の後ろの汗をそっと拭く。その仕草がなんともいえずエロティックなのよ。この仕草だけで「今すぐ抱いて」ってセリフの代わりになってるわけ。衝撃を受けたわ。

阿川　「好き」とか「愛している」というセリフや「抱く」とかという動作をいっさい入れないで、いかにしてその内面や心情を視聴者に伝えるのか。そこが脚本の醍醐味なんですね。ただ、そこにギクッとして「こういうのを書きたい！」って気づく大石さんもスゴイ。

大石　小さいころからオマセでスケベだったから（笑）。あともうひとつ、有名な向田作品に『寺内貫太郎一家』ってあるでしょう。西城秀樹さん演じる寺内家のプー太郎息子が、ふらりと流れ着いた居候《いそうろう》女に恋をする。ある日、その女が日傘をさして出かけていくんだけど、彼は気になって後をつけるの。女は墓場に入っていって、日傘をおいてしゃがんだの。何をするんだろうって思ったら、いきなりジャーッておしっこをしたの。

阿川　ええーっ！

大石　ことを終えたらまた日傘をさして、ニッと笑った。それで西城さんは、ますますその人を好きになっちゃうのよ。

阿川　わかるような、わかんないような……。

ズルズルとハマっていく感じ

大石　今の時代、そんなアナーキーな表現、許されないでしょう？　でも、おしっこをしているのを見ちゃうだけでより好きになっちゃう気持ち、なんとなくわかるじゃない。ただ単に好きになるっていうより、ズルズルとハマっていっちゃう感じ。中学生くらいのときに見たんだけど、ものすごーくエロスを感じたなぁ。今でも忘れられない。

阿川　やっぱり、ことのほか敏感でいらしたのね（笑）。でも、そういう風に、大石さんが面白いと感じたシーンをずっと大切にして、その感覚を今でも磨《みが》き続けていることがエライです！　だから、大石さんの作ったドラマのワンシーンは、あんなに印象的なんですね。

セクハラ禁止が男とテレビをダメにした

大石　大胆な表現は、昨今のテレビではまったくできなくなったわね。

阿川　セクハラ、パワハラ禁止の時代ですから。男とテレビが面白くなくなったのはセクハラ、パワハラがあると思うんですよね。

大石　男もね（笑）。

阿川　世のおじさんはみんな、セクハラとパワハラにおびえています。日本の、いや世界中の男をダメにしている気がするんですけど。もちろん、とんでもないセクハラおやじは制裁を与えないといけないと思いますけど、ちょっと制裁モードが行き過ぎているような……。

大石　男の人が職場でエッチな冗談も言えないようじゃ、つまんないもんね。脚本家になりたてのころ、テレビ局のおじさんはみんなエロくて面白くて人間臭くて、そういう話を聞くのが大好きだった。落ち込んでいたらエッチなジョークで励ましてくれたりして。一方で、人妻の私に「温泉行こう」「上に部屋とってあるよ」と言ってくるおじさんもいたな。

阿川　そういうとんでもないおじさんも世の中には存在するってことを、とりあえず知っておいたほうがいいと思うんです。じゃないと、いざというとき逃げる知恵がつかないから。コイツは危ないぞって察したら、いいネタとして取っておこうくらいの気持ちでしばらく様子を見て、どうやったらこの危機から逃れられるか、必死に手立てを考える。そこに生きる知恵がいっぱい詰まっている気がするんですね。

大石　そうそう。いくらでもネタが転がってた。

阿川　最近は男も女も、そういう危険と紙一重な経験をしなさすぎて、だから羞恥心《しゅうちしん》がなくなってるんじゃないかと思う、逆にね。

「何があってもしがみついてやる」

大石　今思えば昔はパワハラだらけ。演出家の久世《くぜ》光彦《てるひこ》さんなんて「こんな本じゃ、撮れねえ！」ってみんなの前で私の書いた脚本をぶん投げて、遠いとこに飛んでった本をみじめな気持ちで拾う私に「辞めてもいいぞ」って。「絶対辞めない」と心で誓って、「もう一度考えます」って泣きながら家に帰ったこともある。

阿川　たくましいなあ……！

大石　今思えば久世さんに「お前は本当にこの仕事をやりたいのか？　しがみついてでもやるんだな？」と言われてたと思う。それで「何があっても絶対にしがみついてやる」と腹をくくったところもある。そうやって人が育つこともあると思うんですよね。

阿川　私も報道番組のアシスタント時代、ジャーナリストの秋元秀雄さんに「取材もロクにできないのか、ふざけんな、出てけーっ！」て怒鳴られたことがあって、恐ろしさのあまり必死で取材し直した。泣きながらスタジオに戻ったら、秋元さんが「バカもん」ってニヤッと笑ってくださって。一気に緊張感がほぐれて、またブワーッと泣いた。

大石　そうやってみんな、教育してくれてたわけよね。愛があるもの。

阿川　あとになるとわかりますよね、必死に育てようとしてくださったんだなって。今の上司はなんか言ったらパワハラ、セクハラだの言われるから、できるだけ刺激しないようにしているみたい。だいたい、この歳になるとわかりますけど、人を叱るのって疲れます。あの言い方でよかったのかなって、叱ったこちらのほうが眠れなくなったりしてね。

大石　エネルギー使うのよね、叱る方も。でも、そういう生身の人間の感情的な部分に触れることや、感情の盛り上がりを自ら経験することが「生きてる」ってことを実感する瞬間だと思うけどね。

仕事ができる人には想像力がある

阿川　考えてみれば、若い人はだんだん打たれ弱くなって当然ですね。だって叱られる機会がない。親からも、職場でも。

大石　今ではありえないんだろうけれど、昔はテレビの現場でＡＤがバタッと倒れる光景をよく見たわよ。下っ端《ぱ》だからずっと走り回って寝不足でロクなもの食べてない。でも倒れたって「そんなところで倒れるな、邪魔だ！」って怒鳴られてた。今は、ＡＤが倒れるようなシフトを組んだら上司の責任問題になるし、逆にＡＤは何か不条理なことで監督に怒られたら、もう来ない。「あの人どうしたの？」って聞いたら、「もう辞めました」って。

阿川　私、いくら叱られ慣れてたって、そこまでの目に遭うのイヤだな。

大石　監督にもいろいろなタイプがいるけど、今は穏やかなタイプが増えてると思う。昔は、現場に行って監督が怒鳴りつけたりケンカしてたりするのを見ると「なんかケンカしてる」「揉めてる」ってゾクゾクしてたけど（笑）。殺気立った空気もそれはそれで心地いい。

阿川　蜷川《になが》（幸雄）さんみたいな人はもういないんですね（笑）。

大石　脚本家もすぐ辞めちゃう。そもそも監督が「なんかイメージが違う」って、昨日と今日で言うことが変わっちゃうことなんて日常茶飯事《さはんじ》。でも耐えられなくて辞めちゃうからすぐに次の人を入れる。そのせいか、今はひとつの作品を何人も脚本家がいて共作するのよ、信じられない。私たちの時代は、せっかくもらった仕事を他の人に渡すなんてあり得ないから、なんとしても踏ん張ったけど。

阿川　ただ、今は昔ほどは根性がなくなっているかもしれないけれど、そのかわり気が利く子は利くし、女の子も体力あるし、頭の回転もいい。私が彼らと同じ年だったころ、こんなにテキパキ動けただろうかっていうくらい優秀な子もたくさんいますよね。

大石　そうね、優秀な人はものすごく優秀。そういう人はやっぱり出世してる。監督が次にやりたいことを察して先回りして動いていたり。指示がなくても動いてる。

阿川　察する力、目配りって言うの？　視野の広さというか、見通す力。

大石　つまり想像力よね。世代に限らず仕事ができる人には必ず想像力がある。

阿川　最近の若い役者さんはどうなんですか？　先日テレビ番組でご一緒した若い役者さんは、仕事が終わると一刻も早く家に帰ってゲームをやりたいと。家でひとりでゲームをしたり、友だちとラインをやってるときが一番テンションが上がるって。

大石 役者さんと直接の交流はあまりないんだけど、若者たちはみんな同じだと思うな。

阿川 その彼に、「恋愛は?」と聞いたら「二次元と恋をしています。二次元の女性のほうがキレイだしいい子だし、リアルな恋愛はプロセスを考えたらものすごく面倒くさい」って。

大石 傷つきたくないのね。

阿川 しかも潔癖症《けっぺきしょう》が多いらしい。特に男子に。セックスも「キレイな子じゃないとできません」って。

大石 何ふざけたこと言ってんのかしら。

「おっぱい、興味ないっす」

阿川 その番組に出ていたアラフォーの芸人さんが「男子として、おっぱいは見たくないのか? おっぱいはひとつずつ全部違うんだぞ! 見て触らなきゃわかんないんだぞ!」と(笑)。別のおじさんも「俺はできる限り多くのおっぱいを触りたいと思って、こうして頑張ってるんだ!」って。旧世代は「おっぱい、おっぱい!」って盛り上がってるのに、若い世代は

「いや、別に興味ないっす」とクールでした。

大石　役者、つまり演技をするっていうことは、ある種のスキンシップなのよ。別にラブシーンでなくたって、面と向かってセリフのやりとりをして怒鳴り合ったりするって、ものすごくアナログ。肉体的にも精神的にも生身《なまみ》の人間に触れることが役者の仕事なのに。

阿川　「恋人役の相手を好きになったりしたことは?」と聞いたら「考えたこともない」って。毎日一緒に舞台の上でラブシーンをしていても、生身の人間とは恋をしないらしい。

大石　実際は、舞台上でどんなに激しい濡れ場をやっても、プライベートではくっつかない人のほうが多いけどね。役者って、自分のことが一番好きな生き物だから。自分以外の誰かを演じるなんて、自分のことが本当に好きじゃないとできないわよ。まあ、それにしたって、役者も含め最近の男子は〝欲望〟が希薄よね。だって、20歳そこそこの男子なんて、頭では面倒くさいって思いつつも、オスとしての欲望は抑え難い時期でしょう?　生物としての欲望が薄まってるなんて、遺伝子レベルで何かが壊れてる気がするわ。

仕事の醍醐味とは？

阿川　大石さんにとって、仕事の醍醐味ってなんですか。

大石　出会いがあること。有名無名にかかわらず、たくさんの人との出会い。結局は、なんでも「人」だと思う。

阿川　まさに。インタビューが下手で嫌いだった私が今も続けているのは、普通に生きていたら会えないような素敵な人たちに会って、話を聞くことができるから。

大石　私の場合、自分の作品を通してひとりでも多くの人がザワッとしたり何かを感じたりしてくれたら、やっぱりうれしい。結局、「必要とされること」じゃないかな、仕事をする醍醐味って。

阿川　いつまで仕事を続けますか。

大石　注文がある限り。死ぬまで仕事はしたいです。

阿川　私は……みっともないから出るなって言われたらテレビはやめます。書く仕事はどうだろう？　でも、「書いて」と言われたら、やっぱり書いちゃう。求められると喜ぶんだね、私。

大石　引退後はリゾート地でのんびりしたい、なんてよく聞くけど、私はリゾート嫌い、1日で飽《あ》きちゃう（笑）。だったら都会で仕事してたいわ。生涯現役が理想です。

阿川　えー、私はリゾート地に1週間くらいは行きたいわ。でも、仕事するならずっと「面白がりたい」ですね、私の場合。面白がるポイントが同じ人と仕事がしたい。逆にいえば、どんなに苦手な部分があっても趣味が合わなくても「どう面白いものをつくるか」という目的地さえ同じなら、多少は目をつぶることができると思います。

大石　そうね。ドラマや映画は作品ごとにチームが変わるから、同じ目的にみんながわあっと向かっているときはやっぱり活気がある。そういう現場にはヒットの目があるわよね。

ノッてる空気感

阿川　大ヒットを出したいという欲はありますか。

大石　もちろん。でも、大ヒットや小ヒットよりも、多くの人に観てもらいたいという方が正しいかな。そういう手応えがあるときって、現場やチーム、そして世の中にも、特有のノッてる空気感がある。蕎麦屋さんに入っても、駅のホームでも、見知らぬ人がそのドラマの話をしていたり。そういうときは爆発的にきてる感じ。

阿川 うちの父が昔「電車に乗って、自分の本を読んでいる人を3人見かけたら、それは結構なベストセラーになる前兆だぞ」と言っていました。

大石 3人はすごい。昔は電車の中ですることの筆頭は読書だったしね。

阿川 かつて、檀ふみとの往復エッセイ集『ああ言えばこう食う』を出してまもなく、駅からバスに乗ったら、目の前に座ってる女性がその本を読んでたんですよ。さすがに3人はいませんでしたけど、もしや売れる兆《きざ》しか？　なんてちょっと口元がニヤけちゃった。結果的に35万部くらいになりました。そんなに売れるとは思ってなかったから、「父の言ってたことはこういうことか」と合点しましたね。

大石 私も昔、「週刊文春」でエッセイの連載をやっていたとき、電車で隣に座った人がまさに私のページを読んでいて、恥ずかしいような晴れがましいような気持ちになったな。

阿川 地下鉄で向かいの席の人が「週刊文春」を読んでいて「あら次は阿川佐和子の対談だぞ、おおっ、めくった。読み始めた！」とチラチラ見ていたら、その人がふっと顔をあげたんです。目が合ったんでつい会釈《えしゃく》したりしてね。どうも恐れ入りますって。

大石　どうせつくるなら、たくさんの人に見てもらって、何らかのリアクションをしてほしいわよね。クリエイターに限らずどんな仕事もみんなそうでしょう。だけど、ヒットした場合、なぜそんなに売れたのかは、わかるようで全然わかんない（笑）。

阿川　私も、なぜあれほど『聞く力』が売れたのか、いまだにわかりません。

大石　そうなの？　書いてるときに手応えはないもの？

阿川　全然なかった。人生そんなもんなんでしょうね。

おわりに

大石　静

対談本を出さないかとお誘いを受けたのは、今から2年以上前のことだったと思う。

阿川さんの勢いに便乗すれば、私もきっといい思いが出来るに違いないと、即座にお引き受けした。

その頃、阿川さんはまだ独身だったし、お父様もご存命だった。2、3年の間に、いろいろなことが阿川さんの人生に起こり、気がつくと人妻にもなっていた。

このタイミングに本を出して、ご結婚に関する隠れた事情をあれこれ語ってもらえれば、この本はきっと売れるだろうと、再びスケベ心が湧き上がったのであるが、思うようには行かないのが人生で、なかなか本はまとまらなかった。

幾度も幾度も文藝春秋の応接室で、阿川さんがお宅から持って来てくれた贅沢《ぜいたく》な果物や美味《おい》しいお菓子をいただきながら、喉《のど》が嗄《か》れるくらいおしゃべりした。対談というより、おしゃべりという感じであった。

どうでもよいことだが、阿川さんのお宅にはこんなにステキな贈り物が、余ってしまうくらい来るんだ〜……いいな〜と思ったりしたのも、今は懐かしい。

様々なことを一生懸命しゃべったし、たまげるようなお話も聞いてしまったけれど、一番面白いところは生涯活字には出来ないようなことも多く、エッセイを書いても対談をしても、周りの人を傷つけることなく自分を表現することの難しさを、改めて学んだ気がした。

対談なんて簡単だと思っていたが、そんなに甘い仕事ではなかったのである。

という訳で、皆様に読んでいただいてもいいお話というと、のどかな無駄話のようになってしまい、これでいいのかしら？　ヌル過ぎないかしら？　と、阿川さんもオオイシも幾度か立ち止まった。

そのつど、この本を企画した文藝春秋の向坊健さんと、ライターの田中美保さんに励まされて、何とかここまでたどりついたという感じである。

『オンナの奥義』なんて大それたタイトルをつけてしまったが、この本が読者のお役に立つかといえば心許ない。それでも私たちのおしゃべりを日々の暮らしの合い間に、ちょこっと楽しんで下さる方がいらしたらうれしく思うし、光栄にも思う。

まとまった原稿を読み直すと、阿川さんと私は両極端と言ってもいいほど違う考え方を持っているのがわかる。

阿川さんは美人だし、名門だし、だからみんなに求められるんだ。運もよさそうだし……とひがんだ眼差しを持っていた時代もあったので、今回お話を聞いていて、目からうろこなことがあった。それは阿川さんの「望まれたら素直に受け入れて前に出てみる」という考え方だ。その素直さ、物おじしない力が、様々なシーンで活躍される華やかな阿川さんの今日の〝源〟であると確信したことである。ご本人によれば「短期楽観主義」的生き方なのだそうだ。

それにくらべて「長期悲観主義」で、あれにもこれにも懐疑的《かいぎてき》な私には、困難な日々が続くが、阿川さんに負けずに、私は私の方法で生涯脚本家をめざしたいと、この対談をやって胸深く思った。


この仕事の機会を与えて下さった向坊健さんに、まとまりのない話を上手にまとめて下さった田中美保さんに心から感謝します。

「あとがき」担当はオオイシなんですが、感謝の気持ちは阿川さんも同じだと思います。

そして対談本の相手に私を指名して下さって、ありがとうございました。
読者の皆様、ありがとうございました。

装画　小幡彩貴
装幀　大久保明子

大石 静（おおいし・しずか）

脚本家。1951（昭和26）年東京都生まれ。日本女子大学文学部国文学科卒。『ふたりっ子』（NHK）で向田邦子賞、橋田賞、『恋せども、愛せども』（WOWOW）で文化庁芸術祭テレビ部門（ドラマの部）優秀賞、『セカンドバージン』（NHK）で放送ウーマン賞、東京ドラマアウォード2011脚本賞を受賞。2017年『トットちゃん!』（テレビ朝日系）の脚本を担当。他に『ハンドク!!!』（TBS系）、『アフリカの夜』（フジテレビ系）、『家売るオンナ』（日本テレビ系）など、オリジナルの連続ドラマを中心にヒット作多数。

阿川佐和子（あがわ・さわこ）

エッセイスト、作家。1953（昭和28）年東京都生まれ。慶應義塾大学文学部西洋史学科卒。『ああ言えばこう食う』（檀ふみ氏との共著、集英社）で講談社エッセイ賞、『ウメ子』（小学館）で坪田譲治文学賞、『婚約のあとで』（新潮社）で島清恋愛文学賞を受賞。2012年『聞く力』（文春新書）が年間ベストセラー第1位に。2014年菊池寛賞を受賞。近著に『強父論』（文藝春秋）。テレビでは『ビートたけしのTVタックル』（テレビ朝日系）、『サワコの朝』（TBS系）に出演中。

オンナの奥義《おうぎ》
無敵《むてき》のオバサンになるための33の扉《とびら》

二〇一八年　一月二十五日　第一刷発行
二〇一八年　三月　五　日　第四刷発行

著　者　大石《おおいし》　静《しずか》
　　　　阿川《あがわ》佐和子《さわこ》
発行者　大川繁樹
発行所　株式会社　文藝春秋
〒一〇二-八〇〇八
東京都千代田区紀尾井町三番二十三号
電話　〇三-三二六五-一二一一

印刷所　精興社
製本所　加藤製本
組　版　萩原印刷

ISBN978-4-16-390786-4